ENRY WO · WALTER R
ENLEAF WHITTIER · DOUG FLUTIE · PABLO NERUDA
M J. BENNETT · HARRY COMBS · HELEN KELLER ·
LING · ESOPO · JOSEPH BERG ESENWEIN · STOCKARD ·
OSEPH BERG ESENWEIN · ONARD
KAI FRIESE · JOANNA STR · RINE L
DE MAUPASSANT · JAMES BALDWIN
EDGAR GUEST · JAMES BALDWIN · ALLAN
PEEK · EDGAR GUEST · WILLIAM BUTLER
ROST · JESSE LYMAN HURLBUT · WILL
UEST · HENRY WADSWORTH LONGFELLOW · PHOEBE CARY
A PAYNE MADISON · ANNE FRANK · CYRU
IO ALGER · HENRY WOTTON · VICTOR HUGO · WALTER RUSSEL
ES · JOHN GREENLEAF WHITTIER · DOUG FLUTIE · PABL
LAN · WILLIAM J. BENNETT · HARRY COMBS · HELEN
DYARD KIPLING · ESOPO · MARIETTA STO
TRAVIS · JOSEPH BERG ESENWEIN · TOM B. LE
LANG · KAI FRIESE · JOANNA STRONG · KATHAR
GUY DE MAUPASSANT · JAMES BALDWIN · A
R MACPEEK · EDGAR GUEST · JAMES BALDWIN · W
GUEST · HENRY WADSWORTH LONGFELLOW · PHOEBE C
ANNE FRANK · CY

O LIVRO DAS VIRTUDES

para garotas e garotos

ORGANIZAÇÃO, COMENTÁRIOS E POSFÁCIO

William J. Bennett

INTRODUÇÃO
Doug Flutie

PREFÁCIO
Amanda Stella

TRADUÇÃO
Angela Lobo de Andrade
Bali Lobo de Andrade
Igor Barbosa
Luiz Raul Machado
Maria Angela Vilela
Ricardo Silveira

O LIVRO DAS VIRTUDES

para garotas e garotos

EDITORA
NOVA
FRONTEIRA

Título original: *The Book of Virtues for Boys and Girls*

Publicado mediante acordo com Aladdin, um selo da Schuster Children's Publishing Division.

O tradutor de cada texto está identificado no final pelas suas iniciais.

Editora Nova Fronteira Participações S.A.
Rua Candelária, 60 — 7º andar — Centro — 20091-020
Rio de Janeiro — RJ — Brasil
Tel.: (21) 3882-8200

Dados Internacionais de Catalogação na Publicação (CIP)

B4711 Bennett, William J.
O livro das virtudes para garotas e garotos/ William J. Bennett; vários tradutores; prefácio de Amanda Stella; introducão de Doug Flutie. – 1.ª ed. – Rio de Janeiro: Nova Fronteira, 2023.
176 p.; 15,5 x 23cm

Título original: *The Book of Virtues for Boys and Girls*

ISBN: 978-65-5640-647-3

1. Virtudes e valores. I. Barbosa, Igor. II. Título.

CDD: 220
CDU: 270

André Queiroz – CRB-4/2242

Conheça outros livros da editora:

SUMÁRIO

PREFÁCIO

Certo dia, um jovem rapaz da minha cidade, depois de ter agido de maneira pueril diante de muitos, e de ter sido repreendido por um homem de alta estatura moral, fez a este uma pergunta muito intrigante. Ao ouvir as palavras de admoestação daquele que lhe dizia: "Você precisa ser um homem de verdade!", decepcionado, retrucou: "Mas quem é assim, para que eu o imite?" Essa é uma pergunta a que *O livro das virtudes para garotas e garotos* é capaz de responder.

A raiz da palavra "virtude" relaciona-se com a palavra latina "vis", que significa essencialmente "força". A virtude é uma espécie de *força* — não do corpo, mas da alma — por meio da qual o homem se torna mais capaz de fazer o bem, mais disposto a superar todas as dificuldades para escolher o que é certo. Ela é, como dizem os bons filósofos, um hábito que facilita a realização de atos moralmente bons, dos quais depende intimamente não uma mera realização pessoal vaidosa e passageira, mas a felicidade mesma, total e completa, de cada homem.

Assim, tudo o que conduz o ser humano à conquista das virtudes deve ser por ele maximamente estimado, como o faria a um verdadeiro mapa do tesouro, cuja importância e valor são incalculáveis. Talvez seja essa a categoria em que se encontra o livro que o leitor tem agora em mãos, organizado por William J. Bennett e com introdução de Doug Flutie. Na obra, o ex-secretário de Educação dos Estados Unidos e vencedor do prêmio Pulitzer, com o critério e o bom gosto que lhe são próprios, continua o seu trabalho de recolher textos da mais alta qualidade literária que possam ilustrar o valor, a beleza e o alcance das virtudes humanas — capazes de guiar seguramente o homem na jornada desta vida.

Em cada uma de suas seções — *Amizade*, *Trabalho*, *Coragem*, *Honestidade* e *Lealdade* —, o leitor encontrará contos, fábulas, poemas, e até mesmo textos da Sagrada Escritura, repletos de exemplos morais capazes de dar à imaginação humana motivos estéticos suficientes que o levem a amar cada vez mais o bem e a virtude. De fato, talvez seja este o princípio mesmo de toda virtude, sem o qual ela não pode surgir: o apaixonamento pela sua beleza.

É necessário apaixonar-se pelas virtudes para que se possa obtê-las. Assim o ensina a vida dos maiores exemplos morais que já passaram por esta terra: eles estavam totalmente dispostos a dar tudo, a sacrificar tudo, antes que perdê-las — eis o comportamento dos enamorados.

Agora, vem-me à memória um dos famosos episódios da vida de Francisco de Assis, homem de reconhecida grandeza moral, cuja idoneidade não ousa ser contestada por ninguém de sã consciência. Ao contemplar esta cena, veremos como a paixão pela virtude animava ardentemente o seu coração:

> *Depois disso, ao se dirigir à cidade de Sena por motivo urgente, aconteceu ao santo um fato extraordinário: três senhoras pobres, perfeitamente semelhantes de estatura, idade e semblante, saíram-lhe ao encontro na grande planície que se estende entre Campiglia e San Quirico, as quais o saudaram de um modo completamente inusitado: "Seja bem-vinda a Senhora Pobreza." A essas palavras, uma alegria inefável inundou o coração apaixonado daquele amante da Pobreza (...).*[1]

[1] *Legenda Maior - Vida de São Francisco de Assis*, de São Boaventura.

Quanto amava a virtude da pobreza o pobre de Assis! Ao ouvir o seu nome, já se lhe inundou a alma de alegria e paixão. Como era um apaixonado pelo bem!

A ideia da necessidade de tal apaixonamento se harmoniza com o incontestável adágio medieval que diz: "Não há nada que possa ser amado sem antes ser conhecido." Portanto, o melhor meio de obter virtude é este: conhecer os seus modos, sua beleza, sua delicadeza, seus benefícios, enfim, toda a sua manifestação, tal como se vê na vida dos grandes homens e mulheres, para que se possa amá-la. E é precisamente este o mérito do livro que o leitor tem em mãos: mostrar as diversas manifestações da virtude presentes nos grandes textos literários.

Poderá ele ser útil tanto nos lares, junto a pais verdadeiramente preocupados com a educação estética, linguística e moral de seus filhos, como também em sala de aula, junto a professores que queiram dar aos seus alunos bons exemplos de virtudes, os quais estejam enquadrados em uma forma estética refinada.

Este livro é, portanto, um convite a que o leitor se apaixone, e se apaixone pelo *bem* — eis o maior legado que se pode deixar aos leitores. E então a pergunta do jovem rapaz com que abrimos este prefácio: "Mas quem é assim, para que eu o imite?" poderá ser respondida: "Quem é assim? Estes tantos homens e mulheres que serão apresentados a você nas linhas que se seguem."

Amanda Stella

Professora de língua portuguesa e latim,
coordenadora pedagógica, formadora de professores,
palestrante e tutora de mães homeschoolers.

INTRODUÇÃO

Por meio de citações, narrativas e poesia, o Dr. Bennett ilustra algumas qualidades importantes: amizade, trabalho, coragem, honestidade e lealdade. Ele analisa o motivo pelo qual cada uma é uma virtude e como alcançar essas virtudes em nossas vidas. O Dr. Bennett nos mostra por que um estilo de vida virtuoso é importante — para a pessoa e para a comunidade em que vive.

Como o Dr. Bennett, acredito que a amizade está ligada à lealdade e à confiança. Olhar em volta e saber que eu não estava sozinho em campo me dava a sensação de estabilidade de que precisava para me destacar. Muitos dos meus companheiros de equipe se tornaram amigos de verdade. Esses amigos estiveram ao meu lado quando passei por momentos difíceis dentro e fora de campo.

O trabalho duro pode oferecer recompensas reais. Embora a maior parte das pessoas pense no futebol americano como sendo mais uma diversão que um trabalho, elas não veem o tempo e o esforço que os atletas profissionais investem por trás das câmeras. Eu nunca fui o melhor atleta, nem o mais alto, mas consegui compensar isso trabalhando mais. Eu assistia a filmes de jogos, raramente tirava um dia de folga e ouvia os conselhos de meus treinadores. E meus esforços valeram a pena.

Para mim, coragem é a capacidade de reunir a força mental necessária para enfrentar os próprios medos. A maior batalha da minha vida aconteceu quando meu filho, Doug Jr., foi diagnosticado com autismo. Ajudar a cuidar dele, enquanto ele crescia com autismo, e falar sobre o assunto para gerar conscientização sobre a doença têm sido as coisas mais difíceis e gratificantes que já fiz. Minha mulher e eu tivemos o prazer de ajudar milhares de famílias por meio da Doug Flutie Jr. Foundation for Autism [Fundação Doug Flutie Jr. para o Autismo].

A honestidade é uma das características mais importantes de todas. Existem muitos tipos de pessoas, e você pode se machucar ao se deparar com alguém desonesto. Mas é importante continuar procurando pessoas em quem você possa confiar.

A lealdade teve efeitos surpreendentes e positivos em minha vida. A lealdade de minha mulher, de companheiros de equipe, de irmãos e torcedores me ajudou nas últimas três décadas. Eu também tento ser leal àqueles que me apoiaram. A vida não significaria muito se não tivéssemos ninguém para nos apoiar e se não estivéssemos à disposição dos outros.

Minhas experiências jogando futebol e vivendo uma vida plena me fizeram apreciar a importância de ter integridade. Assim como com qualquer habilidade, viver um estilo de vida virtuoso requer prática. Neste livro, o Dr. Bennett discute o papel fundamental que as virtudes e a moral desempenham em tal estilo de vida, de uma forma que os jovens leitores poderão apreciar. Espero que eles gostem tanto quanto eu.

Doug Flutie

Amizade

AMIZADE

Por que queremos amigos? A resposta óbvia é que os amigos nos fazem felizes. Eles tornam a vida mais interessante e divertida para nós. Eles compartilham nossos gostos, nossos desejos, nosso senso de humor.

Mas a verdadeira amizade é baseada em mais do que apenas andar um com o outro e brincar um com o outro. O antigo filósofo grego Aristóteles expressou isso da seguinte maneira: "Assim podemos descrever o sentimento amigável para com qualquer um: desejar para ele o que se acredita serem coisas boas, não pelo seu próprio bem, mas pelo dele, e estar inclinado, tanto quanto possível, para oferecer tais coisas boas."

Em outras palavras, amigos de verdade dão uns aos outros virtudes, ou "coisas boas", como disse Aristóteles. Os amigos são leais uns aos outros, como na história de Jônatas e Davi neste capítulo. Eles oferecem sua confiança, como na história de Damon e Pítias. Eles ajudam em momentos de necessidade, como na história de Rute e Noemi.

Amigos, naturalmente, tentam tornar seus amigos pessoas melhores. Eles procuram elevar uns aos outros. Eles se ajudam mutuamente a tomar as decisões certas e a buscar objetivos dignos. Ser um amigo não requer fazer sempre o que seu amigo quer que você faça; em vez disso, requer fazer o que você acredita ser o melhor para seu amigo.

Tudo isso quer dizer que você deve escolher seus amigos com sabedoria. Eles dizem muito sobre você. Indicam o tipo de pessoa que você pode se tornar. Bons amigos ajudam a levantar você, mas maus amigos o arrastam para baixo. Se eles tiverem maus hábitos, há uma boa chance de você terminar abraçando esses maus hábitos também. Portanto, se você não conseguir convencê-los a mudar de atitude, será melhor procurar novos amigos.

Claro, para muitas pessoas, encontrar e fazer novas amizades é um processo difícil. Mas não precisa ser tão difícil se você pensar menos em *ter* amigos e mais em *ser* um amigo. Você fará muito mais amigos se interessando pelas pessoas do que tentando fazer com que as pessoas se interessem por você. E ao se interessar genuinamente pelas outras pessoas, você descobrirá que a amizade não apenas traz felicidade: ela *aumentará* sua felicidade, tornando você uma pessoa melhor.

(IB)

HORA DE CONVERSAR

Robert Frost

O trabalho é um chamado permanente; mas também devemos reservar tempo para os amigos, quando eles nos procuram.

Se ouço a voz de um amigo chamando meu nome,
dando passo mais lento ao cavalo em que vai,
eu não fico onde estou; eu não digo um "ai",
porque tenho afazeres, tarefas do homem,
do lugar em que estou, jamais grito "o que é?":
Isso eu jamais farei. Hora de conversar!
Onde quer que eu trabalhe, eu descanso a pá,
e me encosto no muro, a dizer "Como está?"

(IB)

INFÂNCIA E POESIA

Pablo Neruda

Esta história do poeta chileno Pablo Neruda (1904-1973) sugere que cada vez que oferecemos amizade a alguém que não conhecemos, fortalecemos nosso vínculo com toda a humanidade.

Trecho traduzido por Hugo Langone

Certa vez, ao vasculhar os primeiros objetos e os minúsculos seres de meu mundo no quintal de minha casa em Temuco, me deparei com um furo numa das tábuas do cercado. Espiei pelo buraco e vislumbrei um terreno como o de minha casa, baldio e deserto. Recuei então alguns passos, pressentindo vagamente que algo viria a acontecer.

De súbito apareceu uma mão. Era a mão pequenina de um menino da minha idade. Quando me aproximei, ela não estava lá, porque em seu lugar havia uma maravilhosa ovelha branca.

Era uma ovelha de lã desbotada. Suas rodinhas haviam sumido. Tudo isso só a deixava mais verdadeira. Jamais tinha visto ovelha tão linda. Espiei pelo buraco, mas o menino havia desaparecido. Fui à minha casa e retornei com um presente que deixei ali, no mesmo lugar: uma pinha de pinheiro entreaberta, perfumada e balsâmica que eu adorava. Deixei-a no mesmo lugar e me fui com a ovelha.

Nunca mais vi a mão ou o menino. Tampouco voltei a ver uma ovelhinha como aquela. Perdi-a num incêndio. E ainda hoje, neste ano de 1954, tão perto como estou dos 50 anos, ao passar por uma loja de brinquedos ainda esquadrinho furtivamente as vitrines. Mas em vão. Nunca mais se fez uma ovelha como aquela.

Tenho sido um homem de sorte. Conhecer a fraternidade de nossos irmãos é um gesto maravilhoso da vida. Conhecer o amor dos que amamos é o fogo que a alimenta. Sentir, no entanto, o carinho dos que não conhecemos, dos desconhecidos que estão velando nosso sonho e nossa solidão, nossos perigos ou nossas fraquezas, é uma sensação ainda maior e mais bela, pois alarga nosso ser e abarca todas as vidas.

Aquela oferenda me trouxe, pela primeira vez na vida, um tesouro que viria a me acompanhar mais tarde: a solidariedade humana. A vida a colocaria em meu caminho depois, destacando-a da adversidade e da perseguição.

Não surpreenderá, pois, que eu tenha pagado com algo balsâmico, perfumado e terrestre a fraternidade humana. Do mesmo modo como deixei ali aquela pinha de pinheiro, deixei também, na porta de muitos desconhecidos, de muitos prisioneiros, de muitos solitários, de muitos perseguidos, as minhas palavras.

Esta é a grande lição que assimilei no pátio de minha casa solitária, na minha infância. Talvez se tratasse apenas de uma brincadeira de meninos que não se conheciam e desejavam comunicar entre si os dons da vida. No entanto, esse intercâmbio pequeno e misterioso talvez se tenha depositado como um sedimento indestrutível em meu coração e inflamado minha poesia.

DAMON E PÍTIAS

Esta história se passa em Siracusa, no século IV a.C. Ainda hoje, a história de Damon e Pítias estabelece o padrão para as amizades mais profundas, que tornam perfeitamente possível a confiança e não deixam espaço para dúvidas.

Damon e Pítias eram grandes amigos desde a infância. Confiavam um no outro como se fossem irmãos e ambos sabiam, no fundo do coração, que nada havia que não fizessem um pelo outro. Chegou o dia em que precisaram demonstrar a profundidade dessa devoção. Aconteceu assim:

Dionísio, rei de Siracusa, aborreceu-se ao tomar conhecimento dos discursos que Pítias vinha fazendo. O jovem pensador andava dizendo ao público que nenhum homem deveria ter poder ilimitado sobre outro e que os tiranos absolutos eram reis injustos. Num assomo de cólera, Dionísio mandou chamar Pítias e seu amigo.

— Quem você pensa que é, espalhando a inquietação entre as pessoas? — exortou.

— Divulgo apenas a verdade — respondeu Pítias. — Não pode haver nada errado nisso.

— E sua verdade sustenta que os reis têm poder demais e que suas leis não são boas para os súditos?

— Se um rei se apossou do poder sem a permissão do povo, sim, é o que falo.

— Isso é traição! — gritou Dionísio. — Você está conspirando para me depor. Retire o que disse ou arque com as consequências.

— Não retiro nada — respondeu Pítias.

— Então você morrerá. Tem algum último desejo?

— Sim. Permita-me ir em casa apenas para dizer adeus à minha mulher e aos meus filhos e deixar em ordem os assuntos domésticos.

— Vejo que não somente me considera injusto, mas também estúpido. — Dionísio riu, sarcástico. — Se sair de Siracusa, tenho certeza de que nunca mais o verei.

— Dou-lhe uma garantia — disse Pítias.

— Que garantia neste mundo você me poderia dar para me fazer crer que algum dia voltará? — exclamou Dionísio.

Nesse momento Damon, que permanecia calado ao lado do amigo, deu um passo à frente.

— Eu serei a garantia — disse. — Mantenha-me em Siracusa como seu prisioneiro até o retorno de Pítias. Nossa amizade é bem conhecida. Pode ter certeza de que Pítias voltará se eu ficar retido aqui.

Dionísio examinou em silêncio os dois amigos.

— Muito bem — disse por fim. — Mas, se está disposto a tomar o lugar do seu amigo, deve se dispor a aceitar a mesma sentença, se ele quebrar a promessa. Se Pítias não voltar a Siracusa, você morrerá em lugar dele.

— Ele cumprirá a palavra — respondeu Damon. — Não tenho a menor dúvida.

Pítias recebeu permissão para partir e Damon foi atirado na prisão. Muitos dias se passaram, e, como Pítias não voltava, Dionísio se deixou vencer pela curiosidade e foi à prisão ver se Damon já estava arrependido de ter feito o acordo.

— Seu tempo está terminando — escarneceu o rei de Siracusa. — Será inútil implorar misericórdia. Você foi um tolo ao confiar na promessa do seu amigo. Pensou realmente que ele iria sacrificar a vida por você, ou por qualquer outra pessoa?

— É um mero atraso — rebateu Damon com firmeza. — Os ventos não permitiram que navegasse, ou talvez tenha encontrado um imprevisto na estrada. Mas, se for humanamente possível, chegará a tempo. Tenho tanta certeza da sua virtude como da minha própria existência.

Dionísio admirou-se da confiança do prisioneiro.

— Logo veremos — disse ele, deixando Damon sozinho na cela.

Chegou o dia fatal. Damon foi retirado da prisão e levado à presença do algoz. Dionísio saudou-o com um sorriso presunçoso.

— Parece que seu amigo não apareceu. — Ele riu. — Que acha dele agora?

— É meu amigo — respondeu Damon. — Confio nele.

Nem terminara de falar e as portas se abriram, deixando entrar Pítias cambaleante. Estava pálido, ferido, e a exaustão tirava-lhe o fôlego. Atirou-se aos braços do amigo.

— Você está vivo, graças aos deuses — soluçou. — Os fados pareciam conspirar contra nós. Meu navio naufragou numa tempestade, bandidos me atacaram na estrada. Mas me recusei a perder a esperança e finalmente consegui chegar a tempo. Estou pronto a cumprir minha sentença de morte.

Dionísio ouviu com espanto essas palavras. Abriam-se seus olhos e seu coração. Era-lhe impossível resistir ao poder de tal lealdade.

— A sentença está revogada — declarou ele. — Jamais acreditei que pudessem existir tamanha fé e lealdade na amizade. Vocês mostraram como eu estava errado, e é justo que os recompense com a liberdade. Em troca, porém, peço um grande auxílio.

— Que auxílio? — perguntaram os amigos.
— Ensinem-me a participar de tão sólida amizade.

(ALA)

HELEN KELLER E ANNE SULLIVAN

Não há amizade mais sagrada do que a existente entre aluno e professor. Uma das maiores foi a que ligou Helen Keller (1880-1968) a Anne Mansfield Sullivan (1866-1936). A enfermidade destruiu a visão e a audição de Helen Keller antes dos dois anos de idade, deixando-a à parte do mundo. Durante cerca de cinco anos ela viveu, como descreveu mais tarde, "selvagem e rebelde, rindo para expressar prazer e chutando, arranhando, emitindo gritos engasgados de surda-muda para expressar o oposto". A chegada de Anne Sullivan à casa dos Keller, no Alabama, vinda do Instituto Perkins para Cegos, de Boston, mudou a vida de Helen. A própria Anne era parcialmente cega, devido a uma infecção nos olhos da qual jamais se recuperou por completo, e veio até Helen com experiência, com inflexível dedicação e amor. Através da sensação do toque ela conseguiu entrar em contato com a mente da menina e, no espaço de três anos, ensinou-lhe a ler e a escrever em braile. Aos 16 anos, Helen sabia falar suficientemente bem para frequentar a escola e, mais tarde, a universidade. Graduou-se cum laude *na Radcliffe, em 1904, e dedicou o resto da vida a ajudar os cegos e os surdos, como o fizera sua professora. As duas mulheres mantiveram sua notável amizade até a morte de Anne. Helen descreve a chegada de Anne Sullivan em sua biografia,* A história da minha vida.

O dia mais importante de que me lembro em toda a minha vida foi o da chegada de minha professora, Anne Mansfield Sullivan. Encho-me de assombro ao avaliar os imensos contrastes entre as duas vidas ligadas por esse dia. Era 3 de março de 1887, três meses antes de eu completar sete anos.

Na tarde daquele dia memorável fiquei na varanda, quieta, na expectativa. Adivinhava vagamente, pelos sinais de minha mãe e pelo ir e vir apressado na casa, que alguma coisa insólita estava prestes a acontecer. Então fui para a porta e esperei, sentada nos degraus. O sol da tarde penetrava na massa de madressilva que cobria a varanda e banhava meu rosto erguido. Meus dedos se detinham quase inconscientemente nas folhas e nas flores tão familiares que acabavam de brotar para saudar a doce primavera do Sul. Não suspeitava das surpresas e maravilhas que o futuro guardava para mim. A raiva e a amargura me haviam dominado continuamente nas últimas semanas e um profundo langor se sucedera à exaltação daqueles acessos.

Você já esteve envolto em um nevoeiro denso em pleno mar, parecendo estar trancado numa escuridão tangível enquanto o grande barco, tenso e ansioso, procura às cegas, com sondas e lastro, o caminho da costa e você espera, o coração disparado, que alguma coisa aconteça? Eu era como esse barco antes que minha educação começasse, mas sem compasso ou sonar, e sem maneira de saber a que distância estava o porto. "Luz! Dê-me luz!", era o grito mudo da minha alma, e a luz do amor brilhou em mim naquele exato momento.

Senti passos se aproximando. Pensei ser minha mãe e estendi a mão. Alguém a pegou e fui tomada nos braços daquela que viera para revelar-me todas as coisas e, acima de tudo, para me amar.

Na manhã seguinte à sua chegada, minha professora levou-me ao seu quarto e me deu uma boneca. As criancinhas cegas do Instituto Perkins a tinham mandado, vestida por Laura Bridgman; mas eu só saberia disso mais tarde. Enquanto eu brincava com a boneca, Anne Sullivan lentamente escreveu em minha mão a palavra "b-o-n-e-c-a". Meu interesse pelo movimento do dedo foi imediato e tentei imitá-lo. Quando enfim consegui fazer as letras corretamente, senti-me inundar de prazer e orgulho infantil. Desci correndo as escadas para mostrar à minha mãe, levantei a mão e fiz as letras de *boneca*. Eu não sabia que estava soletrando uma palavra, nem sabia que existiam palavras; simplesmente imitava com os dedos, como um macaco.

Nos dias seguintes, aprendi a escrever dessa maneira incompreensível uma série de palavras, incluindo *palito*, *boné*, *copo* e alguns verbos como *sentar*, *levantar*, *andar*. Mas minha professora já estava havia semanas comigo quando compreendi que tudo tinha um nome.

Certo dia eu brincava com a boneca nova e Anne Sullivan pôs também em meu colo minha grande boneca de trapos, escreveu "b-o-n-e-c-a" e tentou fazer-me entender que "b-o-n-e-c-a" se aplicava a ambas. Naquele dia já tivéramos uma briga por causa das palavras "c-a-n-e-c-a" e "á-g-u-a". Anne Sullivan tinha tentado me fazer gravar que "c-a-n-e-c-a" era caneca e "á-g-u-a" era água, mas eu continuava confundindo as duas. Desesperada, ela deixara de lado o assunto, mas o trouxe de volta na primeira oportunidade. Impaciente com as repetidas tentativas, peguei a boneca nova e atirei-a ao chão. Experimentei uma intensa satisfação ao sentir os fragmentos da boneca quebrada em meus pés. Nenhuma tristeza, nenhum arrependimento seguiu-se ao acesso de cólera. Eu não amava a boneca. No mundo silencioso e escuro em que eu vivia não havia ternura nem sentimentos definidos.

Senti minha professora varrer os fragmentos para um canto da lareira e tive certa satisfação, pois a causa da minha inquietação fora retirada. Ela colocou meu chapéu e eu soube que iria sair para o calor do sol. Esse pensamento, se é que uma sensação muda pode ser chamada de pensamento, me fez saltitar de prazer.

Andamos até o poço, atraídas pela fragrância das madressilvas que o cobriam. Alguém estava bombeando água e minha professora colocou minha mão sob a torneira. Enquanto a água fria jorrava numa das mãos ela escreveu na outra a palavra *água*, a princípio devagar, depois rapidamente. Fiquei imóvel, toda a minha atenção voltada para os movimentos do dedo. Subitamente tive uma consciência difusa, como se de alguma coisa esquecida — a excitação do retorno do pensamento; e de algum modo o mistério da linguagem me foi revelado. Eu sabia que "á-g-u-a" significava aquela maravilhosa coisa fria que jorrava em minha mão. O mundo vivo despertou minha alma, encheu-a de luz, esperança, alegria, libertou-a! Ainda havia barreiras, é verdade, mas barreiras que seriam removidas no devido tempo.

Deixei o poço ansiosa por aprender. Tudo tinha um nome e cada nome fazia nascer um novo pensamento. Ao voltar para casa, cada objeto que eu tocava parecia trepidante de vida. Porque eu via tudo com a nova e estranha visão que tinha vindo a mim. Chegando à porta, lembrei-me da boneca que eu tinha quebrado. Tateei até a lareira e peguei os cacos. Em vão tentei juntá-los. Meus olhos então se encheram de lágrimas; pois entendi o que tinha feito e pela primeira vez senti tristeza e arrependimento.

Aprendi inúmeras palavras novas naquele dia. Não me lembro de todas, mas sei que *mãe, pai, irmã, professora* estavam entre elas — palavras que fariam o mundo se abrir para mim, como "o bastão de Aarão, em flores". Seria difícil encontrar uma criança mais feliz do que eu quando me deitei, ao final daquele dia inesquecível, revivendo as alegrias que me trouxera, e pela primeira vez ansiei pela chegada de um novo dia.

Anne Sullivan descreve em suas cartas o "milagre" que viu acontecer em Helen.

20 de março de 1887

Meu coração canta de felicidade esta manhã. Um milagre aconteceu! A luz do entendimento brilhou na mente de minha pequena aluna, e, veja só, todas as coisas estão mudadas!

A criaturinha selvagem de duas semanas atrás se transformou numa criança amável. Está sentada a meu lado enquanto escrevo, a face serena e feliz, fazendo uma longa correntinha vermelha de crochê em lã escocesa. Aprendeu o ponto esta semana e está muito orgulhosa da façanha. Quando completou uma correntinha que vai de um lado a outro do quarto, acariciou o próprio braço e levou ao rosto, com amor, o primeiro trabalho feito com suas próprias mãos. Já permite que eu a beije e, quando está numa disposição especialmente carinhosa, senta-se um ou dois minutos no meu colo; mas não retribui meus carinhos. O grande passo — o passo mais importante — foi dado. A pequena selvagem aprendeu a primeira lição de obediência e aceita o jugo com facilidade. Minha agradável tarefa é agora orientar e moldar a bela inteligência que começa a despertar na alma-criança. As pessoas já comentam a mudança em Helen. Seu pai vem nos ver todos os dias de manhã e à noite, ao sair e voltar do escritório, e a encontra satisfeita, enfiando contas ou fazendo linhas horizontais no cartão de costura, e exclama: "Como ela está quieta!" Quando cheguei, seus movimentos eram tão insistentes que a gente sentia algo de artificial e quase anormal nela. Observei também que está comendo bem menos, fato que preocupa tanto seu pai que o torna ansioso para levá-la para casa. Diz que ela tem saudades de casa. Não concordo, mas suponho que precisaremos deixar nosso retiro muito brevemente.

Helen aprendeu vários substantivos esta semana. Teve mais problemas com "c-a-n-e-c-a" e "l-e-i-t-e" do que com outras palavras. Quando soletra *leite*, aponta para a caneca e, quando soletra *caneca*, faz sinais de entornar ou beber, mostrando que confundiu as palavras. Ainda não tem ideia de que cada coisa tem um nome.

5 de abril de 1887

Preciso escrever rapidamente, porque aconteceu algo muito importante. Helen deu o segundo grande passo do aprendizado. Aprendeu que *tudo tem um nome e que o alfabeto manual é a chave para tudo o que deseja saber*.

Em carta anterior disse a você que ela teve mais problemas com *caneca* e *leite* que com qualquer outra coisa. Ela confundia esses substantivos com o verbo *beber*. Não sabia a palavra para *beber*, mas fazia a pantomima de beber algo todas as vezes que soletrava *caneca* ou *leite*. Enquanto se lavava hoje de manhã, quis saber o nome de *água*. Quando quer saber o nome de alguma coisa, ela aponta e me dá um tapinha na mão. Soletrei "á-g-u-a" e não pensei mais nisso até após o café da manhã. Ocorreu-me então que, com o auxílio dessa nova palavra, eu poderia conseguir resolver a dificuldade de *caneca-leite*. Fomos ao poço, onde coloquei a caneca na mão de Helen sob a torneira e bombeei a água. Quando a água fria jorrou, enchendo a caneca, escrevi "á-g-u-a" na outra mão de Helen. A palavra, vindo tão próxima à sensação da água fria correndo na mão dela, pareceu assustá-la. Deixou cair a caneca e ficou transfigurada. Uma luz nova surgiu em seu rosto. Escreveu água várias vezes. Jogou-se no chão e perguntou o nome, apontou para a bomba, para a treliça e, voltando-se de repente, perguntou o meu nome. Soletrei *professora*. Nesse momento, a enfermeira trouxe a irmãzinha de Helen ao poço e ela soletrou *bebê* apontando para a enfermeira. No caminho de volta para casa, Helen estava excitadíssima, aprendendo o nome de todos os objetos que tocava, de modo que em algumas horas acrescentou trinta palavras novas ao seu vocabulário. Aí vão algumas: *porta*, *abrir*, *fechar*, *dar*, *ir*, *vir* e muitas outras.

P.S.: Não terminei a carta a tempo de pôr no correio ontem à noite; portanto, adiciono uma linha. Helen acordou hoje como uma fada radiante. Esvoaçava de um objeto a outro perguntando o nome de tudo e me beijando, de puro prazer. Quando me deitei ontem à noite, ela chegou-se a meus braços por vontade própria e me beijou pela primeira vez. Achei que meu coração fosse estourar de tanta alegria.

(ALA)

JÔNATAS E DAVI

Recontada por Jesse Lyman Hurlbut

Às vezes, os deveres de amizade competem com outras obrigações e afetos. A história de Jônatas, contada na Bíblia, no primeiro livro de Samuel, é um desses exemplos. Jônatas era o filho mais velho e herdeiro de Saul, o rei de Israel. Ele também era amigo fiel de Davi. Depois que Davi matou Golias, Saul ficou com ciúmes de sua popularidade e, temendo que ele se tornasse rei, tentou matá-lo. A defesa de Davi por Jônatas, duplamente dolorosa por causa de seus deveres para com seu pai e sua própria situação de herdeiro do trono, é um de nossos maiores exemplos de lealdade e amizade.

Depois que Davi matou Golias, ele foi levado perante o rei Saul, ainda segurando a cabeça do gigante. Saul não reconheceu, naquele guerreiro ousado, o menino que alguns anos antes brincara em sua presença. Ele o acolheu em sua própria casa e o nomeou oficial entre seus soldados. No exército, Davi se mostrou tão sábio e corajoso quanto no dia em que enfrentou o gigante, e logo estava no comando de mil homens. Todos os homens o amavam, tanto na corte de Saul como em seu quartel, pois Davi tinha o espírito que atraía todos os corações para ele.

Quando Davi voltava de sua batalha contra os filisteus, as mulheres de Israel saíam das cidades ao seu encontro, com instrumentos de música, dançando e cantando:

"Saul matou milhares,
E Davi dez milhares."

Isso deixou Saul muito zangado, pois ele era ciumento e tinha o espírito desconfiado. Ele pensava constantemente nas palavras de Samuel, sobre como Deus tiraria o reino dele e o daria a alguém mais digno do trono. Ele começou a pensar que talvez aquele jovem, que em um único dia havia chegado à grandeza diante do povo, pudesse tentar se tornar rei.

O antigo sentimento de infelicidade voltou a dominar Saul. Ele delirava em sua casa, falando como um homem tomado pela loucura. A essa altura, todos sabiam que Davi era músico e o chamaram novamente para tocar sua harpa e cantar diante do rei atribulado. Mas agora, em sua loucura, Saul não quis ouvir a voz de Davi. Duas vezes ele arremessou sua lança contra o jovem; mas nas duas vezes Davi se desviou, e a lança ficou cravada na parede do palácio.

Saul temia Davi, pois via que o Senhor estava com o rapaz, tendo abandonado o rei. Ele quis matar o rapaz, mas não ousou fazer isso, porque todos amavam Davi. Saul disse a si mesmo: "Já que não posso matá-lo eu mesmo, farei com que seja morto pelos filisteus."

E ele enviou Davi em perigosas missões de guerra; mas Davi voltava para casa em segurança, ainda maior e mais amado após cada vitória. Saul disse: "Eu te darei minha filha Merabe por mulher, se lutares contra os filisteus por mim."

Davi lutou contra os filisteus; mas ao voltar da guerra descobriu que Merabe, que lhe havia sido prometida, fora dada como esposa a outro homem. Saul tinha outra filha, chamada Mical. Ela amava Davi e demonstrava esse amor que tinha por ele. Então Saul mandou dizer a Davi: "Tu terás minha filha Mical por mulher quando matares cem filisteus."

Então Davi saiu e lutou contra os filisteus e matou duzentos deles; e Saul foi informado disso. Então Saul deu a Davi, por esposa, sua filha Mical; mas ele ficou com ainda mais medo de Davi ao vê-lo ficar cada vez mais poderoso e se aproximar do trono do reino.

Mas se Saul odiava Davi, seu filho Jônatas via a coragem do rapaz, e a alma de Jônatas se apegou à alma de Davi, e Jônatas o amou como a sua própria alma. Ele tomou seu próprio manto real, sua espada e seu arco, e os deu a Davi. Jônatas ficava muito triste por seu pai, Saul, ter tantos ciúmes de Davi. Ele dizia a seu pai:

— Não faça o rei mal a Davi; porque Davi foi fiel ao rei e fez grandes coisas pelo reino. Ele arriscou a própria vida, matou filisteus e conquistou uma grande vitória para o Senhor e para o povo. Para que lhe serviria tentar matar um homem inocente?

Por um tempo, Saul ouviu Jônatas e disse:

— Tão certo como vive o Senhor, Davi não morrerá.

E Davi voltou a sentar-se à mesa do rei, entre os príncipes; e quando Saul ficava perturbado novamente, Davi tocava sua harpa e cantava diante dele. Mas a raiva ciumenta de Saul se levantou mais uma vez, e ele atirou sua lança em Davi. Davi era atento e ágil. Ele saltou para o lado e, como antes, a lança se cravou na parede.

Saul enviou homens à casa de Davi para prendê-lo; mas a mulher de Davi, Mical, filha de Saul, deixou Davi descer pela janela, e assim ele escapou. Ela colocou um terafim[1] na cama de Davi e o cobriu com os lençóis. Quando os homens chegaram, ela disse: "Davi está doente na cama e não pode sair."

Levaram a palavra a Saul, e ele disse: "Traga-o para mim na cama, assim como está."

[1] Imagem de um ídolo do culto de alguns povos semíticos que viviam na região e época de Saul e Davi (N.T.).

Quando viram que o que estava na cama de Davi era apenas o terafim, ele estava em um lugar seguro, bem longe. Davi foi até Samuel em Ramá e ficou com ele, entre os profetas que adoravam a Deus, cantavam e pregavam a palavra de Deus. Saul soube que Davi estava lá e enviou homens para prendê-lo. Mas quando esses homens chegaram e viram Samuel e os profetas louvando a Deus e rezando, o mesmo espírito veio sobre eles, e começaram a louvar e a rezar. Saul enviou outros homens, mas estes também, quando chegaram ao lugar dos profetas, sentiram o mesmo poder e se juntaram em adoração.

Por fim, Saul disse: "Se nenhum outro homem é capaz de me trazer Davi, eu mesmo irei buscá-lo".

E Saul foi para Ramá; mas quando ele se aproximou dos adoradores, que louvavam a Deus, rezavam e pregavam, o mesmo espírito veio sobre Saul. Ele também começou a participar dos cânticos e das orações, e ficou lá todo aquele dia e aquela noite, adorando a Deus com muita sinceridade. Quando ele voltou para sua casa em Gibeá, no dia seguinte, seu sentimento estava mudado, por enquanto, e ele se considerava amigo de Davi outra vez.

Mas Davi sabia que Saul era, no fundo, seu pior inimigo e que se pudesse o mataria, assim que a loucura caísse sobre ele. Ele e Jônatas se encontraram no campo, longe do palácio. Jônatas disse a Davi:

— Fique longe da mesa do rei por alguns dias, e eu descobrirei como ele se sente em relação a você e lhe contarei. Mesmo agora, talvez meu pai se torne seu amigo. Mas se ele tiver ódio a você, sei que Saul não terá sucesso, porque o Senhor está com você. Prometa-me que, enquanto você viver, será gentil comigo, e não apenas comigo enquanto eu viver, mas com meus filhos depois de mim.

Jônatas acreditava, como muitos outros acreditavam, que Davi ainda se tornaria o rei de Israel e estava disposto a ceder a Davi seu direito de ser rei, tão grande era seu amor por ele. Naquele dia, uma promessa foi feita entre Jônatas e Davi: eles e seus filhos, e aqueles que viriam depois deles, seriam amigos para sempre.

Jônatas disse a Davi:

— Vou averiguar o que meu pai sente por você e lhe darei notícias. Depois de três dias estarei aqui com meu arco e flechas, e enviarei um garotinho para perto de seu esconderijo, e atirarei três flechas. Se eu disser ao menino: "Corra, encontre as flechas, elas estão deste lado", então você pode vir com segurança, pois o rei não lhe fará mal. Mas se eu gritar para o menino: "As flechas estão longe de você", isso significará que há perigo e você deve se esconder do rei.

Assim Davi ficou dois dias longe da mesa de Saul. A princípio, Saul não disse nada sobre sua ausência, mas por fim perguntou:

— Por que o filho de Jessé não veio para os banquetes ontem e hoje?

E Jônatas disse:

— Davi me pediu permissão para ir à sua casa em Belém e visitar seu irmão mais velho.

Então Saul ficou muito zangado. Ele gritou:

— Você é um filho desobediente! Por que você escolheu esse meu inimigo como seu melhor amigo? Você não sabe que, enquanto ele estiver vivo, você nunca poderá ser rei? Mandem buscá-lo e tragam-no a mim, porque ele tem de morrer!

A raiva deixou Saul tão feroz que ele atirou sua lança contra seu próprio filho Jônatas. Jônatas levantou-se da mesa, tão ansioso por seu amigo Davi que não conseguiu comer nada. No dia seguinte, na hora combinada, Jônatas saiu para o campo com um menino. Ele mandou que o menino corresse e se aprontasse para recolher as flechas que ele atiraria.

E enquanto o menino estava correndo, Jônatas atirou flechas para além dele, e gritou:

— As flechas estão longe de você; corra rapidamente e pegue-as!

O menino correu e encontrou as flechas e as trouxe para Jônatas. Ele entregou o arco e as flechas ao menino, dizendo-lhe:

— Leve-os de volta para a cidade. Vou ficar aqui um pouco.

E assim que o menino sumiu de vista, Davi saiu de seu esconderijo e correu para Jônatas. Eles caíram nos braços um do outro e se deram vários beijos, e choraram juntos; pois Davi sabia agora que não poderia mais esperar ficar seguro nas mãos de Saul. Ele teria de deixar seu lar, mulher, amigos e a casa de seu pai e se esconder onde pudesse do ódio do rei Saul.

Jônatas lhe disse:

— Vá em paz; pois fizemos um juramento conjunto, dizendo: "O Senhor estará entre mim e você e entre seus filhos e meus filhos para sempre."

Então Jônatas voltou para o palácio de seu pai, e Davi partiu em busca de um abrigo.

(IB)

RUTE E NOEMI

Recontada por Jesse Lyman Hurlbut

O livro de Rute, na Bíblia, é a história da corajosa decisão de uma viúva de deixar Moabe, sua terra natal, e viajar para Judá com sua sogra hebreia, cujo marido e filhos morreram. As palavras de Rute a Noemi são uma das maiores declarações de amizade e lealdade em toda a literatura: "Aonde quer que fores, irei eu; e onde tu pousares, eu pousarei; o teu povo será o meu povo, e o teu Deus, o meu Deus. Onde tu morreres, eu morrerei e lá serei sepultada." Em Judá, a fidelidade e a bondade de Rute foram recompensadas com o amor de Boaz e, por meio do casamento com ele, ela se tornou bisavó do rei Davi.

Na época dos juízes em Israel, um homem chamado Elimeleque morava na cidade de Belém, na tribo de Judá, cerca de dez quilômetros ao sul de Jerusalém. O nome de sua esposa era Noemi, e seus dois filhos eram Malom e Quiliom. Por alguns anos, as colheitas foram ruins e a comida escasseou em Judá; e Elimeleque, com sua família, foi morar na terra de Moabe, que ficava a leste do mar Morto, assim como Judá ficava a oeste.

Lá eles viveram dez anos, e nesse tempo Elimeleque morreu. Seus dois filhos se casaram com mulheres do país de Moabe, uma mulher chamada Orfa, a outra chamada Rute. Mas os dois jovens também morreram na terra de Moabe, de modo que Noemi e suas duas noras ficaram viúvas.

Noemi ouviu que Deus havia dado novamente boas colheitas e pão à terra de Judá, e ela se levantou para ir de Moabe de volta para sua terra e sua cidade de Belém. Suas duas noras a amavam e ambas quiseram partir com ela, embora a terra de Judá fosse uma terra estranha para elas, pois eram do povo moabita.

Noemi lhes disse:

— Voltem, minhas filhas, para a casa de suas mães. Que o Senhor seja gentil com vocês, assim como vocês foram gentis com seus maridos e comigo. Que o Senhor permita a cada uma de vocês encontrar outro marido e ter um lar feliz.

Então Noemi as beijou em despedida, e as três mulheres choraram juntas. As duas jovens viúvas disseram a ela:

— Você foi uma boa mãe para nós, e nós queremos ir com você e viveremos entre o seu povo.

— Não, não — respondeu Noemi. — Vocês são jovens e eu sou velha. Voltem e sejam felizes no meio do seu povo.

Então Orfa beijou Noemi e voltou para seu povo, mas Rute não a deixou. Ela disse:

— Não insista para deixá-la, pois nunca o farei. Aonde você for, eu irei; onde você viver, eu viverei; o seu povo será o meu povo; e o seu Deus será o meu Deus. Onde você morrer, eu morrerei e serei enterrada. Nada além da própria morte separará você de mim.

Quando viu que Rute estava firme em seu propósito, Noemi parou de tentar persuadi-la; então as duas mulheres viajaram juntas. Elas contornaram o mar Morto, cruzaram o rio Jordão, subiram as montanhas de Judá e chegaram a Belém.

Noemi havia estado ausente de Belém por dez anos, mas todas as suas amigas ficaram felizes em vê-la novamente. Elas diziam:

— Esta é Noemi, que conhecemos anos atrás?

Ora, o nome *Noemi* significa "agradável". E Noemi disse:

— Não me chamem de Noemi; me chamem Mara, porque o Senhor amargurou a minha vida. Saí daqui cheia, com meu marido e dois filhos; agora chego em casa vazia, sem eles. Não me chamem de "Agradável"; me chamem de "Amarga".

O nome *Mara*, pelo qual Noemi desejava ser chamada, significa "amarga". Mas depois Noemi descobriu que "Agradável", afinal, era o nome certo para ela.

Naquele tempo vivia em Belém um homem muito rico chamado Boaz. Ele possuía grandes campos, cujas colheitas eram abundantes; e ele era parente da família de Elimeleque, o marido de Noemi que havia morrido.

Era costume em Israel, quando colhiam os grãos, não colher todos os talos, mas deixar alguns para o povo pobre, que seguia os ceifeiros com suas foices e colhia o que sobrava. Quando Noemi e Rute chegaram a Belém, era a época da colheita da cevada; e Rute saiu aos campos para colher o grão que os ceifeiros deixavam para trás. Por acaso, o campo onde ela estava respigando pertencia a Boaz, o tal homem rico.

Boaz saiu da cidade para ver seus homens ceifando, e saudou-os:

— O Senhor esteja convosco — Boaz disse aos seus empregados; e eles responderam-lhe:

— O Senhor te abençoe.

E Boaz disse ao seu mestre dos ceifeiros:

— Quem é aquela jovem que vejo respigando no campo?

O homem respondeu:

— É a moça da terra de Moabe, que veio com Noemi. Ela pediu permissão para respigar os ceifeiros e está aqui desde ontem, colhendo grãos.

Então Boaz disse a Rute:

— Ouça-me, minha filha. Não vá para nenhum outro campo, mas fique aqui com minhas jovens. Ninguém vai prejudicá-la; e quando você estiver com sede, beba de nossos cântaros de água.

Então Rute curvou-se para Boaz e agradeceu-lhe por sua bondade, ainda mais porque ela era uma estrangeira em Israel. Boaz disse:

— Ouvi dizer como você foi fiel à sua sogra, Noemi, ao deixar sua própria terra e vir com ela para esta terra. Que o Senhor, sob cujas asas você veio, lhe dê uma recompensa!

E ao meio-dia, quando se sentaram para descansar e comer, Boaz deu-lhe da comida. E disse aos ceifeiros:

— Quando vocês estiverem ceifando, deixem alguns feixes para ela; e deixem cair alguns feixes, onde ela possa reuni-los.

Naquela noite, Rute mostrou a Noemi quantos feixes havia colhido, e contou a ela sobre o rico Boaz, que havia sido tão gentil com ela. E Noemi disse:

— Esse homem é nosso parente próximo. Fique em seus campos enquanto durar a colheita.

E assim Rute respigou nos campos de Boaz até o fim da colheita.

No final da colheita, Boaz deu uma festa na eira. E depois da festa, seguindo o conselho de Noemi, Rute foi até ele e disse-lhe:

— Você é parente próximo de meu marido e do pai dele, Elimeleque. Você não quer ser bom para nós, em honra dele?

E quando Boaz viu Rute ele a amou; e logo depois disso ele a tomou como esposa. E Noemi e Rute foram morar em sua casa, para que a vida de Noemi não fosse mais amarga, mas agradável. E Boaz e Rute tiveram um filho, a quem deram o nome de Obede; e mais tarde Obede teve um filho chamado Jessé; e Jessé foi o pai de Davi, o pastor que se tornou rei. Foi assim que Rute, a jovem de Moabe, que escolheu o povo e o Deus de Israel, tornou-se ancestral de reis.

(IB)

AQUELE QUE AMA INTERCEDE PELOS VELHOS AMIGOS

William Butler Yeats

Não podemos nos dar ao luxo de fazer novos amigos às custas dos antigos.

Nos teus melhores dias,
quando entre a multidão

mil vozes te elogiam,
não sejas um ingrato,
lembra do amigo antigo.
Virá a amargura,
e do teu grande valor
só em quem tem amor
a lembrança perdura...

(IB)

AMIZADE

Este poema nos lembra algumas das "regras" da amizade, bem como algumas das recompensas.

A amizade não exige frases estudadas,
Rosto polido ou modos de salão;
a amizade não se baseia em elogios enfáticos,
a amizade não mostra sorrisos superficiais.

A amizade segue o discurso da Natureza,
evita as lisonjas da arte.
Corajosamente separa a verdade da ficção,
fala a linguagem do coração.

A amizade não favorece condição nenhuma,
despreza credos tacanhos,
cumpre com amor a sua missão,
seja palavra ou seja ação.

A amizade anima os fracos e cansados,
dá coragem ao espírito tímido,
orienta o perdido, ilumina o triste,
suaviza a passagem para a sepultura.

Amizade — amizade pura e altruísta,
durante todos os dias a que estamos destinados,
nutre, fortalece, amplia, aumenta
a relação do homem com o outro homem.

(IB)

O URSO E OS VIAJANTES

Esopo

Amigos apenas das boas horas já existiam nos dias de Esopo, no século VI a.C., e existem (e são muitos!) ainda hoje. Todos devem aprender a reconhecê-los e o que fazer para não ser um deles.

Dois viajantes encontraram um urso na estrada.

O primeiro subiu numa árvore e se escondeu.

O outro, apavorado, resolveu se jogar no chão e se fingir de morto. O animal chegou perto, cheirou as orelhas dele e foi embora. (Dizem que um urso não mexe com quem está morto.) O que estava na árvore desceu e perguntou ao companheiro o que é que o urso tinha cochichado.

— Ele me disse para não viajar mais com quem abandona os amigos na hora do perigo.

É na dificuldade que se prova a amizade.

(LRM)

Trabalho

TRABALHO

À MEDIDA QUE VOCÊ ENVELHECE, descobre que um ou outro tipo de trabalho ocupa uma parte cada vez maior de sua vida. O dia escolar fica mais longo. As tarefas de casa ficam mais difíceis e consomem mais tempo. Seus pais pedem mais vezes que você comece a fazer algumas tarefas domésticas. Um dia, você consegue seus primeiros estágios e empregos. Enquanto isso, espero que você reserve um tempo para fazer algum trabalho voluntário, ajudando os menos afortunados do que você.

Você descobre que o trabalho é um fato necessário e inevitável da vida. E aprende que, geralmente, ninguém fará o seu trabalho por você, como vemos na fábula de Esopo "Hércules e o carroceiro". Os primeiros colonos ingleses neste país também aprenderam essa lição. Muitos deles eram "cavalheiros" que não estavam acostumados a trabalhar muito na Inglaterra e trouxeram seus hábitos com eles para Jamestown, Virgínia. Eles não estavam muito motivados até que seu líder, o capitão John Smith, anunciou uma nova regra. Aqueles que não colaborassem e ajudassem não receberiam uma parcela da comida disponível na colônia. Em outras palavras: se você não trabalhar, não come. De uma hora para a outra, muita gente ficou bem mais motivada.

Conforme você passa mais tempo trabalhando, naturalmente passará menos tempo se divertindo. Não se assuste. Isso não quer dizer que a vida fica menos agradável. Se você pensar no trabalho da maneira certa, a verdade é o contrário. A vida será mais rica, mais plena e, sim, mais divertida. Isso porque o trabalho traz todo tipo de recompensa. Obviamente, ele pode trazer recompensa monetária, como vemos em outra história de Esopo, "O fazendeiro e seus filhos". Mas Esopo tinha mais coisas em mente além de simples dinheiro. Ele também indica a satisfação de um trabalho bem-feito. Poucas experiências são mais agradáveis do que essa satisfação, e quem nunca a experimentou está perdendo uma das melhores partes da vida.

A atitude com que você aborda seu trabalho é muito importante, tanto no sentido de fazer um trabalho bem-feito, quanto no sentido de apreciá-lo ou não. O trabalho pode ser feito com atenção ou desleixo, com alegria ou mau humor. Você decide. O erro que muitas pessoas cometem é não perceber que geralmente não é o trabalho em si, mas a atitude que você traz para o trabalho, que o torna uma experiência boa ou ruim.

Outro erro que as pessoas cometem é tentar fugir do trabalho porque pensam que, de alguma forma, a vida será melhor sem ele. A verdade é que a maior parte das pessoas acha tediosa a vida sem trabalho, como vemos no conto "Uma semana de domingos". E a vida sem trabalho faz com que a maioria das pessoas se sinta inútil. O trabalho traz dignidade à vida, como vemos na história de John Henry.

Claro, alguns trabalhos são simplesmente desagradáveis. Preferimos não ter de desempenhá-los, mas nem sempre temos escolha, então o melhor a fazer é aguentar firme e dar logo conta das obrigações. Mesmo aqui, porém, há uma importante lição a ser observada. Como a vida é cheia de trabalho, faz sentido, quando possível, escolher o tipo de trabalho de que gostamos e até mesmo amamos.

Para a maior parte das pessoas, essa ideia é uma chave importante para ter satisfação na vida. Lembre-se que a palavra *vocação* vem da raiz latina para "chamar". Espero que sua vocação — o trabalho de sua vida — seja um chamado, algo que você adora passar o tempo fazendo. Para os irmãos Wright, um fascínio pela engenharia prática, em sua loja de bicicletas em Ohio, os levou a Kitty Hawk, na Carolina do Norte. Como eles nos mostraram, o amor pelo trabalho leva a algumas das maiores alegrias e realizações da vida.

(IB)

HÉRCULES E O CARROCEIRO

Esopo

Um carroceiro levava a carroça muito carregada por uma estrada lamacenta. As rodas afundaram na lama e os cavalos não conseguiram desatolar. Ele ficou se lamentando desesperado e implorou a ajuda de Hércules, até que o herói apareceu.

— Se você fizer força para arrancar as rodas da lama, se você dirigir bem os cavalos, eu posso ajudar. Mas, se você não levantar um dedo para tentar sair do buraco, ninguém, nem mesmo Hércules, pode ajudar.

O céu ajuda a quem se ajuda.

(LRM)

HÉRCULES LIMPA OS ESTÁBULOS DE AUGIAS

A limpeza dos estábulos de Augias foi o quinto dos famosos Doze Trabalhos de Hércules, que o grande herói grego realizou por ordem de seu primo, o rei Euristeu de Micenas. Costumamos pensar em Hércules por sua força, mas aqui, tanto quanto sua força bruta, admiramos sua inteligência ao enfrentar um trabalho quase impossível.

O quinto trabalho de Hércules foi a famosa limpeza dos estábulos de Augias. Augias, rei de Élida, possuía um rebanho de 3 mil cabeças e havia construído um estábulo que se estendia por milhas. Ano após ano, seu rebanho ia crescendo e ele não conseguia homens suficientes para cuidar dos currais. As vacas tinham dificuldade para entrar por causa da sujeira ou, se conseguiam, nunca tinham certeza de saírem de novo, porque os detritos se empilhavam às alturas. Dizia-se que havia trinta anos que não se limpavam os estábulos. Hércules disse a Augias que os limparia em um dia, se o rei lhe desse um décimo do seu gado. Augias achou que o grande herói jamais o faria em tão pouco tempo e, assim, fez o acordo na presença do seu jovem filho.

Os estábulos do rei ficavam perto dos rios Alfeu e Peneu. Hércules cortou um grande canal juntando os dois rios na direção dos currais. A enxurrada lavou a sujeira tão rapidamente que o rei mal podia crer. Ele não tinha intenção de pagar a recompensa e fingiu jamais a ter prometido.

A disputa foi levada à corte para decisão dos juízes. Hércules chamou o jovem príncipe como testemunha e o menino contou a verdade, o que provocou tamanha ira no rei que tanto o príncipe como Hércules foram expulsos daquelas terras. Hércules partiu do reino de Élida e prosseguiu com seus trabalhos, mas seu coração ficou cheio de desprezo pelo rei desleal.

(BLA)

VENCENDO A COLINA DO DIABO

Harry Combs

Aqui está uma das maiores histórias de sucesso americanas de todos os tempos. Uma fascinação infantil por um helicóptero de brinquedo, movido por elásticos, levou Wilbur (1867-1912) e Orville (1871-1948) Wright ao que só pode ser descrito como uma das realizações mais espetaculares da humanidade. Em 1900, os irmãos Wright começaram a levar seus planadores para Kitty Hawk, nas encostas da Carolina do Norte, porque a brisa do oceano e as altas dunas eram um ambiente ideal para testar suas estranhas engenhocas voadoras.

Em 17 de dezembro de 1903, depois de inúmeras experiências e vários "fracassos", Orville fez o primeiro voo motorizado, ao longo de 120 pés (36 metros). Wilbur, no quarto e mais longo voo do dia, descrito abaixo, cruzou 852 pés (260 metros) em 59 segundos. Se alguma vez precisarmos de inspiração enquanto trabalhamos rumo a algum objetivo distante e aparentemente fugidio, certamente a encontraremos aqui. Trata-se de uma grande obra iniciada pelo gênio, mas concluída pelo trabalho.

As pessoas de Kitty Hawk sempre foram generosas e gentis com Wilbur e Orville — amigáveis e calorosas, compartilhando sua comida e bens mundanos, não poupando esforços para ajudar da maneira que pudessem a proporcionar conforto físico e mostrar seu respeito aos irmãos. A maior parte delas, no entanto, não estava muito convencida da capacidade de voar dos Wrights; Kitty Hawk era uma região em que a reação à ideia de voar era frequentemente expressa em citações familiares da sabedoria popular, como "Se Deus quisesse que o homem voasse, Ele teria lhe dado asas".

Bill Tate, que desde o início fora um amigo íntimo dos Wrights, não estava presente no acampamento em 17 de dezembro de 1903. Isso não era um sinal de falta de fé; ele havia presumido que "ninguém, exceto um homem louco, tentaria voar com tal vento".

Os irmãos tinham ideias diferentes. Pouco antes do meio-dia, na quarta tentativa do dia, Wilbur assumiu sua posição na máquina voadora, o motor roncando e estalando em seu estranho ribombar. Seu boné pontiagudo estava bem ajustado em sua cabeça, e o vento que soprava pelas planícies o atingia com um toque de lixa. Ele já havia tido a sensação da máquina tremendo com as rajadas e balançando de um lado para outro na pista de lançamento de 18 pés. Ele se acomodou no assento, deixando os pés confortáveis, pondo as mãos nos controles e estudando os três instrumentos de medição. Olhou para os dois lados para ter certeza de que ninguém estava perto das asas. Não havia assistentes para segurar as asas, como de costume com os planadores, pois Wilbur acreditava que, a menos que um homem fosse habilidoso no que estava fazendo, não deveria tocar em nada, e insistira em um lançamento livre, pois sabia que a máquina precisaria de apenas quarenta pés sob vento forte para erguer-se no ar.

Wilbur moveu sua cabeça para estudar a área da praia. Naquele dia tudo estava diferente. A ventania invernal havia reduzido muito a população de pássaros, pelo que ele podia ver. Desde que acordaram, estava assim. Muito poucas das conhecidas gaivotas apareciam sob os céus de chumbo.

Wilbur se virou outra vez para cada lado, olhou para o irmão e acenou com a cabeça. Tudo estava ajustado, então Wilbur pegou o controle da restrição e soltou o cabo. Instantaneamente, a máquina avançou e, como ele esperava, após percorrer 12 metros na pista, decolou. Ele havia se preparado para quase todas as possibilidades com o vento, mas as rajadas eram muito fortes e ele precisou fazer constantes correções e recorreções. A marca de trinta metros ficou para trás, e a aeronave subia e descia como um touro alado. Logo ele estava a duzentos pés do início de seu percurso, e os empurrões eram ainda mais violentos. A aeronave parecia cambalear quando atingiu uma corrente descendente inesperada e disparou em direção às areias. Apenas trinta centímetros acima do solo, Wilbur recuperou o controle e voltou a subir.

Trezentos pés; a resistência do vento diminuíra um pouco.

E logo as cinco testemunhas e Orville estavam gritando e gesticulando freneticamente, pois estava claro que Wilbur havia passado por alguma parede invisível no céu e havia recuperado o controle. A 120 metros de distância, ele ainda mantinha a altitude de segurança de cerca de 15 pés acima do solo, e o avião estava voando mais suavemente agora, não mais dando solavancos, apenas desacelerando com as rajadas entre cerca de oito e 15 pés.

O tempo passava e fazia 15 segundos desde que Wilbur decolara, e não havia dúvida agora: a máquina estava sob controle e se sustentava por sua própria força.

Ela estava voando.

O momento havia chegado. Tinha sido ali, naquele instante.

Quinhentos pés.

Seiscentos pés.

Setecentos pés!

Meu Deus, ele está tentando chegar a Kitty Hawk, a quase seis quilômetros de distância! E, de fato, era exatamente isso o que Wilbur estava tentando fazer, pois ele prosseguia em direção às casas e árvores ainda muito à sua frente.

Oitocentos pés...

Ainda a caminho; ainda voando. À sua frente, uma elevação no solo, uma protuberância extensa, um monte de areia. Wilbur subiu o manche, levantando a frente da máquina, para ganhar altitude e passar pela elevação; pois além desse ponto esperava voar ainda melhor. Ele acionou o controle e a máquina subia lentamente. Mas os montes fazem coisas estranhas aos ventos que sopram tão rápido: o vento subiu das areias, torvelinhando, e estendeu sua mão invisível para puxar a máquina voadora para baixo. Ela embicou acentuadamente para baixo; Wilbur puxou o manche; e no mesmo momento as oscilações recomeçaram, causando um movimento rápido do nariz para cima e para baixo. Simplesmente, era vento demais, o turbilhão induzido pelo solo era muito forte e a *Flyer* "disparou subitamente para o chão", como disse Orville, mais tarde.

Os assistentes correram, sabendo que o impacto tinha sido maior do que o de um pouso intencional. Os trens de pouso afundaram, e a aeronave bateu todo seu peso com força no chão, e o vento trouxe o som da madeira se estilhaçando. A aeronave quicou uma vez, levada tanto pelo vento quanto por seu próprio ímpeto, e pousou na areia, as braçadeiras dianteiras tortas, quebradas de modo que as superfícies ficaram penduradas formando um ângulo. Ileso, ciente de que tinha voado por um tempo maravilhosamente longo, levemente desapontado por não ter terminado seu voo, preso na areia, sentindo o vento em seu rosto e o motor rangendo em seu familiar e estrondoso rugido, Wilbur estendeu a mão para desligar o motor. As hélices assobiavam e zumbiam, diminuindo seu giro; os sons das correntes chegavam até ele com mais clareza, e logo apenas o vento podia ser ouvido. O vento, a areia sibilando contra o tecido, contra suas próprias roupas, contra o chão, e talvez uma ou duas gaivotas; e certamente as batidas de seu próprio coração.

Aconteceu.

Ele havia voado por 59 segundos.

A distância sobre a superfície, da partida até a chegada, foi de 852 pés: 260 metros.

A distância aérea, calculando a velocidade, o vento e todos os outros fatores — mais de meia milha (oitocentos metros).

Ele(s) tinha(m) conseguido.

A era do ar era *agora*.

Apenas 56 dias antes, Simon Newcomb, o único cientista americano membro do Instituto da França desde Benjamin Franklin, havia mostrado por "lógica inatacável", em um artigo no *The Independent*, que o voo humano era impossível.

Correram para a máquina, onde Wilbur estava esperando por eles. Ninguém jamais registrou quais foram as palavras de Wilbur naquele momento, e nenhuma pesquisa foi capaz de desenterrá-las. É lamentável, mas elas foram perdidas para sempre...

Orville e Wilbur, rígidos de frio, foram para seus aposentos, onde cozinharam e almoçaram. Descansaram por alguns minutos, lavaram a louça e, finalmente prontos para enviar notícias de sua conquista, começaram, por volta das duas horas da tarde, a caminhada até a estação meteorológica a 6,5 km de distância em Kitty Hawk. Da estação, ainda dirigida por Joseph J. Dosher, eles poderiam despachar, via instalações do governo, um telegrama para Norfolk, onde a mensagem seria repetida por telefone para um escritório telegráfico comercial, perto de Dayton. A mensagem recebida em Dayton dizia:

> 176 C KA CS 33 PAGO. VIA NORFOLK VA
> KITTY LAWK NC 17 DEZ
> BISPO M WRIGHT
> 7 HAWTHORNE ST
> SUCESSO QUATRO VOOS QUINTA-FEIRA DE MANHÃ TODOS
> COM VENTO CONTRA VINTE E UMA MILHAS COMEÇO DO

NÍVEL APENAS COM POTÊNCIA DO MOTOR VELOCIDADE MÉDIA NO AR TRINTA E UMA MILHAS DURAÇÃO MAIOR 57 SEGUNDOS INFORMAR IMPRENSA CASA ##### NATAL.
OREVELLE WRIGHT 525P

Enquanto essa mensagem um pouco confusa estava sendo transmitida, incluindo o erro de tempo de voo de 57 segundos em vez de 59, os irmãos foram ao posto de resgate próximo para conversar com a tripulação de plantão. O capitão S. J. Payne, que comandava a instalação, disse aos Wrights que os havia observado com binóculo enquanto eles sobrevoavam o solo.

Orville e Wilbur seguiram para o correio, onde visitaram o capitão e a Sra. Hobbs, que havia transportado materiais e feito outros trabalhos para eles, passaram algum tempo com o Dr. Cogswell e então iniciaram sua jornada de volta ao acampamento. Eles levariam vários dias para desmontar e embalar sua *Flyer* em um barril e duas caixas, junto com o equipamento pessoal. Começaram a trabalhar com a meticulosidade de sempre. Era um estranho e silencioso desfecho, durante o qual eles, várias vezes, voltaram para fora para observar o chão sobre o qual haviam voado.

(IB)

SR. PRETENDIA

Ouça as famosas palavras de Benjamin Franklin: "Um hoje vale dois amanhãs; nunca deixe para amanhã o que você pode fazer hoje."

O senhor Pretendia tem um camarada,
E o nome dele é Não-fiz;
Você já teve a chance de conhecê-los?
Eles já o visitaram?
Esses dois companheiros moram juntos
Na casa do Nunca-vencer,

e me disseram que ela é assombrada
pelo fantasma do Poderia-ter-sido.

(IB)

RESULTADOS E ROSAS

Edgar Guest

O esforço traz rosas, a preguiça, nada.

O homem que quer um belo jardim,
pequeno ou muito grande,
com flores crescendo por todos os lados,
Deve dobrar as costas e cavar.

Muito poucas são as coisas na terra
que basta querer para se ter;
o que quer que queiramos de qualquer valor
precisamos trabalhar para ganhar.

Não importa qual objetivo você busca,
este é o segredo:
Você tem que cavar de semana a semana
para obter resultados ou rosas.

(IB)

A BALADA DE JOHN HENRY

O John Henry do folclore americano era um trabalhador ferroviário afro--americano celebrado por seus feitos de grande força e habilidade. Sua façanha mais famosa foi sua clássica batalha homem-contra-máquina contra a nova perfuratriz a vapor, que ameaçava tomar o lugar dos "brocadores", homens que martelavam longas brocas de aço na rocha sólida, para abrir nichos para a dinamite. Diz-se que a história se baseia na escavação do túnel Big Bend para a Ferrovia Chesapeake-Ohio, nas montanhas Allegheny da Virgínia Ocidental, na década de 1870. É um grande conto americano de orgulho e dignidade no trabalho.

John Henry era um garotinho;
você poderia segurá-lo na palma da sua mão.
Ele clamava, dizendo assim:
"Eu vou ser um brocador, meu Deus, meu Deus,
Eu vou ser um brocador."
Levaram John Henry para o túnel,
Puseram-lhe a broca nas mãos:
A rocha era alta, John Henry tão pequeno,
que ele largou o martelo e clamou,
"meu Deus, meu Deus"
Largou o martelo e chorou.

John Henry começou à direita,
A broca a vapor à esquerda,
"Antes de eu perder para essa furadeira a vapor,
Eu vou me brocar e morrer, meu Deus, meu Deus,
brocar essa cabeça oca e morrer."
John Henry disse ao seu capitão,
"Um homem é só um homem,
Se eu deixar essa furadeira me vencer,
Eu vou morrer com esse martelo na mão, meu Deus, meu Deus,
morro com este martelo na mão."
E o capitão disse a John Henry,
"Eu acredito que meu túnel está afundando."
"Afaste-se, e não tenha medo, capitão,
Isso é só meu martelo pegando pressão,
Deus, Deus,
É só meu martelo pegando pressão."

John Henry disse a seu capitão:
"Olhe lá, rapaz, o que eu vejo?
Sua broca quebrou e o buraco entupiu,
E ela não brocou como eu,
Ela não consegue brocar como eu."

John Henry martelando na montanha,
Até que o cabo de seu martelo pegou fogo,
Ele brocou tão forte que quebrou seu coração,
Então ele largou o martelo e morreu,
Deus, Deus,
Ele largou o martelo e morreu.

Levaram John Henry para o túnel,
E o enterraram na areia,
E cada locomotiva que o atravessa
diz: "Aqui jaz um brocador, meu Deus, meu Deus,
aqui jaz um homem brocador."

(IB)

O FAZENDEIRO E OS FILHOS

Esopo

Um fazendeiro sentiu a morte próxima e chamou os filhos para contar um segredo.

— Meus filhos, eu vou morrer. Quero dizer que no nosso terreno há um tesouro escondido. Se vocês cavarem, vão encontrar.

Logo que o pai morreu, os filhos pegaram pás e ancinhos e reviraram o terreno de todo jeito procurando o tesouro. Não acharam nada, mas a terra trabalhada produziu uma colheita nunca vista.

O trabalho é o verdadeiro tesouro.

(LRM)

O POBRE E SUAS SEMENTES

Este conto da África Oriental nos lembra que a recompensa inesperada muitas vezes tem mais a ver com trabalho duro do que com sorte.

Era uma vez um homem pobre, que nada possuía além de um pequeno pedaço de terra e um saquinho de sementes. Quando seu campo ficou pronto para o plantio, ele se levantou ao nascer do sol e cuidadosamente começou a semear sua safra escassa. Ao meio-dia, quando o sol batia forte em seus ombros, ele parou para descansar em um toco de árvore. Enquanto ele estava sentado, um punhado de sementes se derramou de sua bolsa e caiu em um buraco sob o toco.

"Bem, elas não podem crescer lá embaixo", o homem suspirou. "Não posso me dar ao luxo de perder nem mesmo essas poucas sementes."

Então ele pegou uma pá e começou a cavar nas raízes do toco. O dia continuou esquentando, e o suor escorria de suas costas e testa, mas ele continuou cavando. Quando finalmente alcançou suas sementes, ele as encontrou em cima de uma caixa enterrada. E dentro da caixa ele encontrou ouro — moedas de ouro suficientes para torná-lo rico pelo resto da vida!

Depois, as pessoas diziam a ele:

— Você deve ser o homem mais sortudo do mundo.

— Sim, tive sorte — ele respondia. — Eu estava no meu campo ao nascer do sol, cavei durante o dia quente e não desperdicei um único grão.

(IB)

A REBELIÃO CONTRA O ESTÔMAGO

Encontramos variações dessa história em todo o mundo. Esopo a contou como uma de suas fábulas. Paulo a usou em sua primeira carta aos coríntios. Shakespeare empregou o tema em sua peça Coriolano. *Ela ensina duas lições: primeiro que para a maioria de nós convém mais se preocupar com o próprio trabalho do que criticar os outros. Em segundo lugar, que muitas grandes obras requerem a cooperação de muitos trabalhadores.*

Uma vez um homem sonhou que suas mãos, pés, boca e cérebro começaram todos a se rebelar contra o estômago.

— Sua lesma imprestável! — disseram as mãos. — Nós trabalhamos o dia inteiro, serrando, martelando, levantando e carregando. De noite estamos cobertas de bolhas e arranhões, nossas juntas doem e ficamos cheias de sujeira. Enquanto isso, você só fica aí sentado, pegando a comida toda!

— Nós concordamos! — gritaram os pés. — Pense só como nos desgastamos, andando para lá e para cá o dia inteiro. E você só fica se entupindo, seu porco ganancioso, cada vez mais pesado para a gente carregar.

— Isso mesmo! — choramingou a boca. — De onde você pensa que vem toda a comida que você tanto ama? Eu é que tenho de mastigar tudo; e, logo que termino, você suga tudo aí para baixo, só para você. Você acha que isso é justo?

— E eu? — gritou o cérebro. — Você acha que é fácil ficar aqui em cima, tendo de pensar de onde virá a sua próxima refeição? E, ainda por cima, não ganho nada pelas minhas dores todas.

Uma por uma, as partes do corpo aderiram às reclamações contra o estômago, que não disse nada.

— Tenho uma ideia — anunciou o cérebro finalmente. — Vamos todos nos rebelar contra essa barriga preguiçosa e parar de trabalhar para ela.

— Soberba ideia! — todos os outros membros e órgãos concordaram. — Vamos lhe ensinar como nós somos importantes, seu porco. Assim, talvez você também acabe fazendo algum trabalho.

E todos pararam de trabalhar. As mãos se recusaram a levantar ou carregar coisas. Os pés se recusaram a andar. A boca prometeu não mastigar nem engolir nem um bocadinho. E o cérebro jurou que não teria mais nenhuma ideia brilhante. No começo, o estômago roncou um pouco, como sempre fazia quando estava com fome. Mas depois ficou quieto.

Nesse ponto, para surpresa do homem que sonhava, ele descobriu que não conseguia andar. Não conseguia segurar nada nas mãos. Não conseguia nem abrir a boca. E, de repente, começou a se sentir bem doente.

O sonho pareceu durar vários dias. A cada dia que passava, o homem se sentia cada vez pior.

"É melhor que essa rebelião não dure muito", pensou ele, "senão vou morrer de inanição."

Enquanto isso, mãos, pés, boca e cérebro só ficavam à toa, cada vez mais fracos. No início, se agitavam só um pouquinho, para escarnecer do estômago de vez em quando; mas pouco depois não tinham mais energia nem para isso.

Por fim, o homem ouviu uma vozinha fraca vinda da direção dos pés.

— Pode ser que estivéssemos enganados — diziam eles. — Talvez o estômago estivesse trabalhando o tempo todo, ao jeito dele.

— Estava pensando a mesma coisa — murmurou o cérebro. — É verdade que ele fica pegando a comida toda. Mas parece que ele manda a maior parte de volta para nós.

— Devemos admitir nosso erro — disse a boca. — O estômago tem tanto trabalho a fazer quanto as mãos, os pés, o cérebro e os dentes.

— Então, vamos todos voltar ao trabalho — gritaram juntos. E, nisso, o homem acordou.

Para seu alívio, descobriu que os pés estavam andando de novo. As mãos seguravam, a boca mastigava e o cérebro agora conseguia pensar com clareza. Começou a se sentir muito melhor.

"Bem, eis aí uma lição para mim", pensou ele, enquanto enchia o estômago de café e pão com manteiga, de manhã. "Ou funcionamos todos juntos, ou nada funciona mesmo."

O FERREIRO DA VILA

Henry Wadsworth Longfellow

Longfellow disse que escreveu este poema em homenagem a um ancestral, e que ele lhe foi sugerido por uma oficina de ferreiro sob uma castanheira perto de sua casa em Cambridge, Massachusetts. Aqui está o caráter do trabalho verdadeiro, honesto e voluntário. É certamente uma das imagens mais atraentes da poesia americana.

Instalado sob um castanheiro
Fica a ferraria da aldeia;
Homem muito forte é o ferreiro,
Suas mãos valem por uma e meia.

Ele tem os braços musculosos,
Fortes como barras de metal.
Seu cabelo é crespo e oleoso,
E seu rosto escuro e nada mau:

Pois a testa tem sempre suada,
E ele ganha a vida honestamente:
A ninguém no mundo deve nada,
E a todos olha bem de frente.

Da manhã à noite, todo dia,
Ele atiça o fogo com seu fole,
Faz esforço que nunca alivia,
Bate o ferro como se fosse mole:

Como um sacristão que toca o sino
Quando o dia vai se acabando.
Param à sua porta os meninos
Quando da escola estão voltando:

Vêm olhar o fogo flamejante
Que da forja ruge impetuoso,
E as centelhas no ar, que num instante
Caem sobre o chão rude e viscoso.

Ele vai à Igreja, aos domingos,
E ouve as orações e a pregação;
E se senta junto aos meninos,
Ouve a voz da filha a cantar hinos;
Como isso lhe alegra o coração!

A voz dela lembra a da mãe dele,
Que no paraíso agora canta.
Vou pensar mais nela, pensa ele:
quem na tumba jaz, quando levanta?
E com mão calosa, ele espanta
Lágrimas que descem por sua pele.

Em trabalhos, forças, sofrimentos,
Segue adiante pela vida;
Tem tarefas todos os momentos,
Sempre tem tarefas concluídas,
Ganha o descanso e ganha a vida
Sempre pelo mesmo cumprimento.

Eu te agradeço, amigo digno!
Que tua lição eu nunca esqueça!
Na forja da vida, os destinos
Devem ser forjados; que este ensino
cada ato e ideia meus aqueça!

(IB)

A SEMANA DE DOMINGOS

Nesse velho conto vemos a diferença entre as horas ociosas, que roubamos, e as horas de lazer, que conquistamos. A verdade é que as pessoas que nunca têm nada para fazer costumam ser as mais insatisfeitas, porque são as mais entediadas. Nossas horas de lazer, por outro lado, são bem aproveitadas principalmente porque trabalhamos muito para obtê-las.

Era uma vez um homem chamado Bobby O'Brien, que nunca movia uma palha a menos que fosse absolutamente necessário.

— Vamos lá, Bobby — seus amigos costumavam dizer —, que é que há de errado com um pouquinho de trabalho pra valer? Parece até a peste negra, do jeito que você se esquiva!

— Amigos, não tenho nada contra o trabalho — respondia Bobby. — Na verdade, nada me fascina mais do que o trabalho. Posso passar o dia inteiro sentado assistindo a alguém trabalhar, se vocês me derem oportunidade.

Em casa, é claro que ele também era perfeitamente inútil.

— Puxa, você não tem vergonha? — choramingou sua mulher, Katie, um dia. — Belo exemplo você está dando às crianças! Você quer que elas também sejam essas lesmas lerdas quando crescerem?

— Hoje é domingo, querida, dia de descansar — Bobby lembrou-lhe. — Por que logo você vai querer perturbar? Se quer saber a minha opinião, é o único dia da semana em que vale a pena sair da cama. O único problema do domingo é que, logo que ele acaba, o resto da semana começa de novo...

Bobby era um grande filósofo, com tanto tempo disponível!

Naquela mesma noite, a família inteira estava sentada em volta da lareira, esperando a sopa ferver, quando o que é que ouvem? Um tec-tec-tec na janela! Bobby arrastou-se e levantou a vidraça: um homenzinho do tamanho de um galinho empertigado pulou para dentro da sala.

— Estava passando por aqui — disse o minúsculo homenzinho — e senti cheiro de comida boa e substanciosa; achei que podia comer um pouquinho.

— Fique à vontade, coma o quanto quiser — disse Bobby, conjecturando que um homúnculo daqueles não ia comer mais do que umas duas colheradas.

Assim, o sujeitinho sentou-se ao pé do fogo e, mal Katie lhe entregara um prato fervente, ele engoliu de uma vez e pediu mais. Katie deu-lhe o segundo e ele engoliu ainda mais rápido do que o primeiro. Serviu-lhe o terceiro e ele secou o prato mal ela o tinha enchido.

"Mas que porquinho", pensou Bobby com seus botões. "Vai comer tudo o que tivermos para jantar até ficar satisfeito. Mas eu o chamei para entrar, ele é nosso convidado; temos de segurar a língua."

Depois de cinco ou seis pratos fundos, o homenzinho estalou os lábios e pulou para fora do banquinho.

— Muito bondosos mesmo vocês foram. — Ele riu. — Nunca encontrei família mais hospitaleira. Agora preciso ir, mas, em agradecimento, será um prazer conceder-lhes o próximo desejo proferido em voz alta debaixo deste teto.

E com isso saltou pela janela e se esvaneceu dentro da noite.

Bem, cada um queria desejar uma coisa diferente. Uma criança queria um saco de balas; outra, uma caixa de brinquedos. Katie pensou logo numa cama nova, pois a antiga já anunciava um colapso iminente. Bobby fazia listas de dúzias de coisas que iam passando pela cabeça, talvez uma nova vara de pescar ou um bolo de chocolate.

— Precisamos de mais tempo para pensar — declarou ele. — O problema é que amanhã é segunda-feira, cheia de trabalho e afazeres para atrapalhar nossas ideias. Queria que essa semana fosse só de domingos; aí teríamos tempo de sobra para decidir.

— Agora, você estragou tudo! — gritou Katie. — Você desperdiçou nosso único desejo nessa semana de domingos! Você devia ter desejado mais cérebro nessa cabeça dura, em vez de abrir a boca pra pedir uma coisa dessas!

— Ora, ora, até que não é um desejo tão ruim assim — disse Bobby, que só agora ia percebendo o que tinha feito. — Uma semana de domingos, afinal, vai ser uma coisa ótima! Estou mesmo precisando de um pouco de descanso e agora vou conseguir.

— Descanso é a última coisa de que você precisa, seu balaio mole cheio de ossos — choramingou Katie, apressando as crianças para irem se deitar.

Mas na manhã seguinte, quando Bobby acordou e ouviu os sinos da igreja repicando e lembrou que teria sete dias inteiros pela frente sem ter a mínima coisa para fazer, concluiu que tinha feito o mais sábio dos desejos. Rolou na cama a manhã inteira, enquanto Katie levou as crianças à igreja, e nem se preocupou em se levantar, até que finalmente sentiu o aroma da galinha gorda que saía do forno para o ajantarado de domingo.

— Que acontecimento notável! — Bocejou e espreguiçou-se ao sentar-se à mesa. — Nem o próprio rei Salomão jamais teria desejado uma coisa tão maravilhosa como uma semana de domingos.

Depois de se empanturrar, passeou um pouco lá fora e tirou um cochilo debaixo da sua árvore favorita.

No dia seguinte, ficou na cama a manhã toda de novo, só se levantando quando a igreja já tinha terminado com certeza. Mas a única coisa que Katie pôs na mesa foi um pouco de ossos de galinha que sobraram da véspera, quando Bobby tinha comido todo o almoço de domingo. O dia seguinte foi até pior. Bobby sentou-se com um apetite ribombante, mas só encontrou mingau e batatas agraciando a mesa.

— Mas que raio de comida é essa? — perguntou ele. — Você esqueceu que dia da semana é este? Mingau e batatas não servem para domingo, minha querida.

— E o que mais você esperava? — gritou Katie. — Como é que eu vou comprar uma galinha nova, se todas as lojas da cidade estão fechadas durante sete dias seguidos? Isso é o que tem no armário e, por isso, é bom você ir se acostumando, meu caro.

Bem, na manhã seguinte o estômago de Bobby roncava tão desesperadamente que ele não resistiu e se levantou um pouco mais cedo do que costumava aos domingos. Perambulou pela cozinha, procurando aqui e ali alguma coisa para comer, mas só achou um pedaço de pão bolorento na despensa.

— Sabe, minha querida — disse ele —, tenho pensado que preciso de um pouquinho de exercício. Acho que vou lá na horta e cavar umas batatas para o jantar.

— Você não vai fazer nada disso — disse Katie asperamente. — Não vou deixá-lo cavar batatas numa manhã de domingo, com os vizinhos passando por aí a caminho da igreja. Não vai mesmo.

— Mas só tem um pedaço de pão bolorento nesta casa! — gritou Bobby.

— E quem foi o culpado, não foi você, com a sua semana de domingos? — perguntou Katie.

No dia seguinte, Bobby se levantou ao romper da aurora, andando para lá e para cá pela casa, tamborilando os dedos em todos os batentes das janelas. As crianças iam andando atrás dele, até que os sinos da igreja começaram a dobrar e então elas começaram a berrar e chorar sem parar.

— O que é que está acontecendo com esses pequenos? — Bobby gemeu. — Foram-se todas as boas maneiras?

— E o que você esperava, afinal? — gritou Katie. — Os pobrezinhos ouviram mais sermões em uma semana do que você passou roncando durante o ano todo. As costas já estão assadas de tanto encostar no banco da igreja e já jogaram no prato de coleta todas as moedas que economizaram.

— Elas deviam é estar na escola, isso sim — declarou Bobby.

— E posso perguntar quem devemos culpar por isso? — inquiriu Katie.

No sexto domingo, Bobby estava tão nervoso e aborrecido que decidiu ir à igreja com o resto da família. Todas as cabeças na congregação giraram quando ele entrou e atravessou a nave.

— Lá está o homem! — gritou o pastor, do púlpito. — Eis o tratante que me fez ficar acordado todas as noites desta semana, desmantelando meu pobre cérebro para fazer sermões novos! Eis o trapalhão que arruinou todas as gargantas do coro e ralou os dedos do coitado do organista! Suponho que tenha vindo inspecionar seu trabalhinho sujo, é isso?

E, quando o culto terminou, Bobby viu seus vizinhos fazerem fila para recebê-lo.

— Muito bem — perguntou um —, você parou para pensar como é que vamos trazer a colheita para cá, com tantos domingos atrapalhando?

— E como é que vamos ganhar a vida, tendo de fechar as portas a semana inteira? — perguntaram o açougueiro e o padeiro.

— E para lavar roupa, passar e remendar? — perguntou alguém. — Você já sabe o tamanho da pilha para a segunda-feira, se é que ela virá?

— Aliás — disse o diretor da escola —, você tem cuidado das lições dos seus filhos, ou eles já esqueceram como é que se lê e se escreve?

Bobby tomou o rumo de casa o mais rápido que pôde.

— Graças aos céus só falta um domingo! — suspirou, logo que chegou a salvo na própria casa. — Mais um pouco poderia ser prejudicial à saúde.

O último domingo foi o dia mais longo da vida de Bobby O'Brien. Os minutos passavam como horas, as horas se estendiam pela eternidade.

Bobby girava os polegares, pulava num pé só, andava em círculos e vigiava o relógio.

— Essa coisa está quebrada? — gritava ele, agarrando o relógio da lareira e sacudindo até chocalhar por dentro. — Nunca o tempo se arrastou assim tão devagar!

— Desde quando você quis que algum domingo terminasse? — perguntou Katie. — Você não está se esquecendo de que amanhã é segunda-feira?

— Esquecer? Eu só consigo pensar nisso! — exclamou Bobby. — Nunca na vida ansiei tanto por um dia como por essa manhã de segunda-feira.

As sombras se esgueiraram lentamente sobre o gramado, o sol finalmente se pôs e, quando a primeira estrela pipocou no céu, quem apareceu batendo à janela, se não o mesmo homenzinho que os visitara uma semana antes?

— E então, aproveitou bem o seu desejo? — perguntou a Bobby.

— Não muito, infelizmente — disse Bobby.

— É mesmo? — exclamou o homúnculo. — Então você não trocaria outra refeição por uma semana de domingos?

— Oh, céus, não! — gritou Bobby. — Os únicos dias de descanso que eu quero são os que eu ganhar por ter trabalhado seis dias! Me custou uma semana inteira aprender essa lição e tão cedo não vou esquecê-la. Por isso, eu agradeço se você for embora com os seus desejos, meu amigo.

E assim o homenzinho desapareceu e nunca mais ninguém o viu.

(BLA)

Coragem

CORAGEM

O EQUÍVOCO MAIS COMUM SOBRE A CORAGEM é a crença de que coragem significa não sentir medo. Na verdade, coragem não tem nada a ver com emoções. Ela não tem a ver com o modo como você se sente. A coragem está relacionada com o modo como você *age*.

Todo mundo tem medo de alguma coisa — é perfeitamente normal. Você pode ter medo de ficar sozinho em um lugar estranho, ou de convidar alguém para sair, ou de dizer a coisa errada e fazer as pessoas rirem de você. Sentir medo é uma parte inevitável da vida.

A questão é: o que você *faz* quando tem esses medos? Você corre e se esconde? Ou você fica de pé e encara a situação?

Esta é a essência da coragem — reunir a força e a vontade de fazer o que você sabe que deve fazer, mesmo com medo. O grande filósofo Aristóteles explicou desta forma: "Nós nos tornamos corajosos ao praticar atos corajosos." Ele quis dizer que podemos não *nos sentir* muito corajosos quando fazemos algo corajoso. No entanto, ao *agir com coragem*, ao fazer o que é certo e necessário, nos tornamos pessoas corajosas. Essa é a única maneira de superar o medo.

Portanto, a coragem requer prática. Um passo de cada vez, pouco a pouco, você deve tentar enfrentar seus medos e agir da maneira que sabe que deve agir. E à medida que você a pratica, alguns de seus medos desaparecem. Aqui está uma parte da vida em que faz sentido ir cada vez mais longe. Quando você fizer isso, descobrirá que tem mais coragem do que pensava.

Coragem também requer sabedoria. Ou seja, você precisa conhecer as coisas que teme, bem como a maneira como precisa agir para enfrentar esses medos. Para isso, você precisará da virtude da honestidade — honestidade para com você mesmo.

Como você verá neste capítulo, existem muitos tipos diferentes de coragem verdadeira. Existe o tipo que permanece frio e calmo em tempos difíceis, como na história de Dolley Madison. Existe a coragem que defende o que é certo, como fizeram Rosa Parks e Susan B. Anthony. Existe a coragem de agir de acordo com a fé em Deus, como fez Davi quando lutou contra Golias. E há a coragem de ter uma convicção e recusar-se a seguir a multidão quando todos estão errados, como Rudyard Kipling nos diz em seu poema "Se...". Mas também existem vários tipos de falsa coragem, e você deve sempre se proteger contra eles. Simplesmente falar alto e se mostrar como se você fosse corajoso é um deles. Vemos isso na história do galo Chantecler e da galinha Partlet e vemos como muitas vezes essa falsa coragem surge de nossa própria vaidade. Quando alguém forte agride uma pessoa fraca é outro modo de falsa coragem. Na verdade, é covardia, como vemos no conto "A vingança do leopardo". E não há nada de corajoso em assumir riscos estúpidos e desnecessários apenas por emoção ou para se exibir. Mais uma vez, a verdadeira coragem requer sabedoria — a sabedoria de ser capaz de distinguir entre as circunstâncias que você teme, mas precisa enfrentar, e aquelas que você teme e tem razão de evitar.

(IB)

UM APELO DO ÁLAMO

William Barret Travis

O Álamo em San Antonio, Texas, tornou-se um símbolo americano de coragem inflexível e autossacrifício. Uma tropa de texanos capturou o forte no final de 1835, após a eclosão da revolução contra a ditadura do general mexicano Antonio Lopez de Santa Anna. No início de 1836, o tenente-coronel William Barret Travis e a guarnição do forte se viram cercados por um exército mexicano que chegava a seis mil soldados. Em 24 de fevereiro, Travis despachou mensageiros para as cidades vizinhas do Texas, levando apelos frenéticos por ajuda. Menos de três dúzias de homens abriram caminho através das linhas inimigas para se juntar aos defensores do Álamo. O cerco continuou até 6 de março, quando as forças de Santa Anna dominaram o forte. Toda a guarnição foi morta, cerca de 180 homens, incluindo o coronel Travis, James Bowie e Davy Crockett.

COMANDO DO ÁLAMO, TEXAS
24 de fevereiro de 1836

Para o povo do Texas e todos os americanos do mundo.
AMIGOS CIDADÃOS E COMPATRIOTAS

Estou sitiado por mil ou mais mexicanos sob o comando de Santa Anna. Eu suportei bombardeios e tiros de canhão contínuos por 24 horas e não perdi um homem. O inimigo exigiu uma rendição incondicional; caso contrário, a guarnição será passada à espada, se o forte for tomado. Respondi à exigência com um tiro de canhão, e nossa bandeira ainda tremula orgulhosamente nas paredes. *Eu nunca me renderei nem retrocederei*. Então, eu apelo a vocês, em nome da liberdade, do patriotismo e de tudo o que é caro ao caráter americano, para que venham em nosso auxílio com toda a presteza. O inimigo está recebendo reforços diariamente e seu contingente, sem dúvida, chegará a três ou quatro mil em quatro ou cinco dias. Se esse apelo for negligenciado, estou determinado a sustentar nossa posição o máximo possível e morrer como um soldado que nunca esquece o que é devido à sua própria honra e à de seu país.

VITÓRIA OU MORTE

WILLIAM BARRET TRAVIS
Tenente-coronel, comandante

(IB)

O GALO CHANTECLER E A GALINHA PARTLET

Recontada por J. Berg Esenwein e Marietta Stockard

Esta história vem do "Conto do padre da freira", um dos Contos da Cantuária *de Geoffrey Chaucer. Ela nos lembra que existe uma falsa coragem, que pode surgir de nossa própria vaidade.*

Era uma vez uma chácara perto de um bosque, num pequeno vale. Lá morava um galo, de nome Chantecler. Sua crista era mais vermelha que o coral, suas penas eram como ouro polido e sua voz era maravilhosa de se ouvir. Muito antes do amanhecer, todas as manhãs, seu canto soava sobre o vale, e suas sete esposas o ouviam com admiração.

Uma noite, quando estava no poleiro ao lado de Madame Partlet, sua companheira mais amada, ele começou a fazer um barulho curioso.

— O que há, meu querido? — disse Madame Partlet. — Você parece assustado.

— Oh! — disse Chantecler. — Eu tive o sonho mais horrível. Parecia que, enquanto vagava pela floresta, uma besta parecida com um cachorro saltava e me agarrava. Sua cor era vermelha, seu nariz era pequeno e seus olhos eram como brasas de fogo. Argh! Foi assustador!

— Tsc, tsc! Você é um covarde, para se assustar com um sonho? Você tem comido mais do que seria bom para você. Desejo que meu marido seja sábio e corajoso se quiser manter meu amor! — Partlet cacarejava, enquanto alisava suas penas e lentamente fechava seus olhos escarlates. Ela sentia desprezo por ele ter perturbado seu sono.

— Claro que você está certa, meu amor, mas já ouvi falar de muitos sonhos que se tornaram realidade. Tenho certeza de que terei algum infortúnio, mas não falaremos disso agora. Estou muito feliz por estar aqui ao seu lado. Você é muito bonita, minha querida!

Partlet abriu um olho lentamente e fez um som satisfeito, vindo do fundo de sua garganta.

Na manhã seguinte, Chantecler voou do poleiro e chamou suas galinhas para o café da manhã. Ele caminhou corajosamente, chamando "Cócó! Cócó!", a cada grão de milho que encontrava. Ele se sentia muito orgulhoso ao ver que todas olhavam para ele com tanta admiração. Ele desfilava sob a luz do sol, batendo as asas para exibir suas penas, e de vez em quando jogando a cabeça para trás e cantando exultante. Seu sonho estava esquecido; não havia medo em seu coração.

Enquanto isso Reynard, o raposo, estava escondido nos arbustos na beira da floresta que cercava o curral. Chantecler aproximou-se cada vez mais do esconderijo de Reynard. De repente, o galo viu uma borboleta na grama e, ao se inclinar para ela, avistou o raposo.

"Có! Có!", ele gritou de terror e se virou para fugir.

— Caro amigo, por que você vai? — disse Reynard em sua voz mais gentil. — Eu só vim até aqui para ouvir você cantar. Sua voz é como a de um anjo. Seu pai e sua mãe uma vez visitaram minha casa. Eu adoraria ver você lá também. Eu me pergunto se você se lembra do canto de seu pai? Ainda posso vê-lo ficando na ponta dos pés, esticando seu pescoço longo e esguio, emitindo sua voz gloriosa. Ele sempre batia as asas e fechava os olhos antes de cantar. Você canta da mesma forma? Você não cantaria apenas uma vez, para que eu possa ouvi-lo? Eu adoraria saber se você realmente canta melhor que seu pai.

Chantecler ficou tão satisfeito com essa lisonja que bateu as asas, ficou na ponta dos pés, fechou os olhos e cantou o mais alto que pôde.

Assim que ele começou, Reynard saltou sobre ele, agarrou-o pelo pescoço, jogou-o por cima do ombro e partiu em direção à sua toca na floresta.

As galinhas gritaram alto quando viram Chantecler sendo levado, de modo que as pessoas na cabana próxima ouviram e correram atrás do raposo. O cachorro ouviu e correu ganindo atrás dele. A vaca correu, o bezerro correu e os porcos começaram a guinchar e correr também. Os patos e gansos grasnaram de terror e voaram para as copas das árvores. Nunca se ouviu tal alvoroço. Reynard também começou a sentir um pouco de medo.

— Como você corre rápido! — disse Chantecler. — Se eu fosse você, aproveitaria para me divertir com aqueles moleirões que estão tentando pegá-lo. Chame-os e diga: "Por que vocês rastejam como caracóis? Vejam! Estou muito à frente de vocês e em breve me banquetearei com este galo, apesar de seus esforços para me impedir!"

O raposo Reynard ficou satisfeito com essa ideia e abriu a boca para falar com seus perseguidores; mas assim que fez isso, o galo voou para longe e pousou em uma árvore, fora de seu alcance.

O raposo viu que havia perdido sua presa e recomeçou seus velhos truques:

— Eu só estava demonstrando a você o quão importante você é na chácara. Veja que comoção causamos! Eu não queria assustá-lo. Desça agora e iremos juntos para minha casa. Tenho algo muito interessante para lhe mostrar lá.

— Não, não — disse Chantecler. — Você não vai me pegar de novo. Um homem que fecha os olhos quando deveria estar olhando algo merece perder sua visão completamente.

A essa altura, os amigos de Chantecler estavam se aproximando, então Reynard se virou para fugir. "O homem que fala quando deveria ficar calado merece perder o que ganhou", dizia ele enquanto fugia pela floresta.

(IB)

DAVI E GOLIAS

Recontada por J. Berg Esenwein e Marietta Stockard

Aqui está a famosa história de um jovem corajoso que forja sua coragem por meio de sua fé.

Há muito tempo, em Belém, vivia um homem chamado Jessé, que tinha oito filhos robustos. O mais novo desses filhos era Davi.

Quando era um garotinho, Davi já era corado, belo de semblante e forte de corpo. Quando seus irmãos mais velhos levavam os rebanhos para os campos, ele os acompanhava. A cada dia, enquanto saltava pelas encostas e ouvia o gorgolejar da água nos riachos e o canto dos pássaros nas árvores, ele ficava mais forte e mais cheio de alegria e coragem. Às vezes ele fazia canções sobre as coisas bonitas que via e ouvia. Seu olhar era aguçado, suas mãos fortes e sua pontaria certeira. Quando ele colocava uma pedra em sua funda, nunca errava o alvo no qual a atirava.

À medida que crescia, ele passou a cuidar de uma parte dos rebanhos. Um dia, enquanto ele estava na encosta da colina, cuidando de suas ovelhas, um leão saiu correndo da floresta e agarrou um cordeiro. Davi levantou-se de um salto e correu. Ele não tinha medo em seu coração, nenhum pensamento a não ser salvar o cordeiro. Ele saltou sobre o leão, agarrou-o pela cabeça peluda e, sem nenhuma arma além do cajado em suas mãos jovens e fortes, ele o matou. Outro dia, um urso caiu sobre o rebanho. Davi também o matou.

Pouco tempo depois disso, os filisteus organizaram seus exércitos e atravessaram as colinas para expulsar os filhos de Israel de suas casas. O rei Saul reuniu seus exércitos e saiu para enfrentá-los. Os três irmãos mais velhos de Davi foram com o rei, mas Davi foi deixado em casa para cuidar das ovelhas. "Tu és muito jovem; fica no campo e guarda os rebanhos", disseram a Davi.

Quarenta dias se passaram e não chegou nenhuma notícia da batalha; então Jessé (pai de Davi) chamou Davi e disse: "Pegue esta comida para seus irmãos e suba ao acampamento, para ver como eles estão."

Davi partiu de manhã cedo e subiu ao monte onde o exército estava acampado. Quando Davi chegou, havia uma grande confusão e os exércitos estavam em ordem de batalha. Ele abriu caminho pelas fileiras e encontrou seus irmãos. Enquanto falava com eles, o silêncio caiu sobre o exército do rei Saul; um enorme gigante estava na encosta do outro lado. Ele caminhava para cima e para baixo, com sua armadura brilhando ao sol. Seu escudo era tão pesado que o homem mais forte do exército do rei Saul não poderia levantá-lo, e a espada ao seu lado era tão grande que o braço mais forte não poderia empunhá-la.

— É o gigante Golias — disseram a Davi os seus irmãos. — Todos os dias ele sobe a colina e lança seu desafio aos homens de Israel, mas nenhum homem entre nós se atreve a enfrentá-lo.

— O quê?! Os homens de Israel estão com medo? — perguntou Davi. Ele se virava para um e para outro, questionando: — Será que vão deixar esse filisteu desafiar os exércitos do Deus vivo? Ninguém sairá ao seu encontro?

Eliabe, o irmão mais velho de Davi, ouviu-o e ficou irado.

— Tu és perverso e orgulhoso de coração — disse ele. — Fugiste de casa pensando em ver uma grande batalha. Com quem deixaste as ovelhas?

— O capataz está encarregado delas; e nosso pai, Jessé, me enviou para cá; e meu coração está feliz por ter vindo — respondeu Davi. — Eu mesmo irei ao encontro desse gigante. O Deus de Israel irá comigo, pois não tenho medo de Golias nem de todos os seus exércitos!

Os homens que estavam perto correram para a tenda do rei Saul e lhe contaram as palavras de Davi.

— Tragam-no diante de mim — ordenou o rei.

Quando Davi foi levado à sua presença e Saul viu que ele era apenas um menino, tentou dissuadi-lo. Mas Davi contou-lhe como tinha matado o leão e o urso com as próprias mãos.

— O Senhor, que me livrou deles, me livrará das mãos desse filisteu — disse ele.

Então o rei Saul disse:

— Vai, e que o Senhor vá contigo!

Ele mandou buscar sua própria armadura para Davi, seu capacete de bronze, sua cota de malha e sua própria espada. Mas Davi recusou tudo, pois sabia que cada homem deve vencer suas batalhas com suas próprias armas. Ele disse:

— Não posso lutar com essas coisas. Eu não sei como usá-las.

Então ele pegou seu cajado, pendurou sua bolsa de pastor e sua funda ao lado do corpo e partiu do acampamento de Israel. Ele desceu a colina, correndo levemente, e quando chegou ao riacho que corria ao pé da colina, parou, escolheu cinco pedras lisas do riacho e colocou-as em sua bolsa.

O exército do rei Saul em uma colina e o exército dos filisteus na outra observavam em silêncio maravilhado. O gigante caminhou em direção a Davi, e quando Golias viu que ele era apenas um jovem, ruivo e de belo semblante, sua raiva cresceu ferozmente.

— Por acaso eu sou um cachorro, para que tu venhas a mim com paus? — ele gritou. — Os homens de Israel querem zombar de mim, enviando uma criança para me enfrentar? Volta, ou darei tua carne às aves do céu e às feras do campo!

Então Golias amaldiçoou Davi em nome de todos os seus deuses. Mas o coração de Davi não abrigou qualquer medo. Ele clamou bravamente:

— Tu vens a mim com espada, e com lança, e com escudo; mas eu vou a ti em nome do Senhor dos Exércitos, o Deus de Israel, que desafiaste. Hoje mesmo o Senhor te entregará em minhas mãos; e eu te ferirei, para que toda a terra saiba que há um Deus em Israel!

Então Golias correu na direção de Davi, e Davi correu ainda mais rapidamente na direção do gigante. Ele colocou a mão na bolsa e tirou uma das pedras; encaixou-a na funda, e seu olho aguçado encontrou o ponto fraco do elmo, na testa do gigante. Ele girou sua funda e, com todo o poder de seu forte braço direito, arremessou a pedra.

Ela zuniu pelo ar e atingiu profundamente a testa de Golias. Seu enorme corpo cambaleou e caiu no chão. Enquanto ele estava deitado com o rosto no chão, Davi correu rapidamente para perto dele, sacou a própria espada do gigante e separou a enorme cabeça de seu corpo.

Quando o exército de Israel viu isso, levantou-se com um grande grito e desceu a colina para se lançar sobre os amedrontados filisteus, que fugiam aterrorizados. Quando viram seu maior guerreiro morto por aquele rapaz, fugiram de volta para a terra deles, deixando suas tendas e todas as suas riquezas para serem saqueadas pelos homens de Israel.

Terminada a batalha, o rei Saul fez com que Davi fosse trazido à sua presença e disse:

— Não voltarás à casa de teu pai, mas serás como meu próprio filho.

Assim, Davi ficou nas tendas do rei e, por fim, recebeu o comando dos exércitos de Saul. Todo Israel o honrou e, muitos anos depois, ele foi elevado ao trono, no lugar do rei Saul.

(IB)

DOLLEY MADISON SALVA O ORGULHO NACIONAL

Dorothea Payne Madison

Em agosto de 1814, um exército britânico marchou sobre Washington, DC, pensando que poderia pôr fim à Guerra de 1812 queimando a capital americana. O pânico reinava na cidade, enquanto as colunas fardadas de vermelho se aproximavam. Muitos registros públicos, incluindo a Declaração de Independência, já haviam sido enfiados em sacos de linho e levados para a Virginia, onde foram guardados em uma casa vazia. As estradas que saíam da cidade começavam a se encher de soldados e burocratas americanos em fuga, bem como carroças carregadas com famílias e seus objetos de valor.

Dolley Madison, mulher do quarto presidente, dirigiu calmamente os detalhes da evacuação na Casa Branca. Um grande retrato de George Washington, pintado por Gilbert Stuart, estava pendurado na sala de jantar. Seria uma desgraça insuportável se ele caísse nas mãos dos britânicos. A sra. Madison ordenou ao porteiro e ao jardineiro que o recolhessem, mas a enorme moldura estava tão aparafusada à parede que ninguém conseguia tirá-la. Os minutos iam embora, enquanto eles puxavam e puxavam. Por fim, alguém encontrou um machado. Cortaram a moldura, removeram a tela e a enviaram para um local seguro. Logo depois, os britânicos entraram no Distrito de Columbia, incendiando o Capitólio e a Casa Branca.

O resgate do retrato de Washington rapidamente tomou seu lugar como um dos atos de heroísmo mais queridos da América. Esta carta, escrita por Dolley para sua irmã, Anna, enquanto a cidade caía, nos fala de inabaláveis coragem e equilíbrio em meio ao caos e à retirada.

Terça-feira, 23 de agosto de 1814

Querida irmã:

Meu marido me deixou ontem de manhã para se juntar ao general Winder. Ele perguntou ansiosamente se eu tinha coragem ou firmeza para permanecer na Casa Presidencial até seu retorno no dia seguinte, ou no dia posterior, e obtendo a minha garantia de que não tinha medo, senão por ele e pelo sucesso de nosso exército, ele partiu, implorando que eu cuidasse de mim mesma e dos papéis de seu gabinete, públicos e privados. Desde então, recebi dois despachos dele, escritos a lápis. O último é alarmante, porque ele pede que eu esteja pronta para entrar em minha carruagem e deixar a cidade a qualquer momento; diz que o inimigo parecia mais forte do que havia sido relatado a princípio, e pode acontecer que eles cheguem à cidade com a intenção de destruí-la. Estou adequadamente pronta; espremi os papéis do Gabinete em tantos baús quantos podem encher uma carruagem; nossa propriedade privada deverá ser sacrificada, pois é impossível obter carros para transportá-la.

Estou determinada a não partir até ver o Sr. Madison em segurança e pronto a me acompanhar, pois me foi relatado que há muita hostilidade contra ele. O desafeto espreita ao nosso redor. Meus amigos e conhecidos já se foram, até mesmo o coronel C. com seus cem homens que estavam de guarda neste recinto. O francês Jean (um servo fiel), com sua capacidade e disposição de sempre, se oferece para instalar o canhão no portão e alimentá-lo com um punhado de pólvora capaz de explodir os britânicos, caso eles entrassem na casa. A esta última proposta, eu me oponho positivamente, sem ser capaz de fazê-lo entender o motivo pelo qual nem todas as vantagens podem ser utilizadas em uma guerra.

Quarta-feira de manhã, doze horas. Desde o nascer do sol, tenho virado minha luneta para todas as direções e observado com incansável ansiedade, esperando descobrir a aproximação de meu querido marido e seus amigos; mas, ai! Consigo avistar apenas grupos de militares, vagando em todas as direções, como se faltassem armas ou ânimo para lutar.

Três horas. Acreditas, minha irmã? Tivemos uma batalha, ou escaramuça, perto de Bladensburg, e ainda aqui estou, ao alcance do som dos canhões! O Sr. Madison não vem. Que Deus nos proteja! Dois mensageiros, cobertos de poeira, vêm me dizer que devo fugir; mas pretendo esperar por ele aqui... Na última hora, conseguiu-se uma carruagem, e eu a enchi com pratos e os artigos portáteis mais valiosos pertencentes à casa. Os eventos dirão se ela chegará ao seu destino, o "Banco de Maryland", ou cairá nas mãos dos soldados britânicos. Nosso amável amigo, o Sr. Carroll, veio apressar minha partida e ficou de muito mau humor comigo, porque insisti em esperar até que a grande foto do general Washington estivesse segura, e para isso ela precisava ser desaparafusada da parede. Esse processo foi considerado tedioso demais para momentos tão perigosos; eu ordenei que a moldura fosse quebrada e a tela retirada. Feito! E o precioso retrato foi colocado nas mãos de dois cavalheiros de Nova York, que o guardarão. E agora, querida irmã, devo deixar esta casa, ou o exército em retirada me fará prisioneira nela, obstruindo a estrada que fui instruída a seguir. Quando voltarei a escrever para você, ou onde estarei amanhã, não sei dizer!

Dolley

(IB)

TRECHO DO DIÁRIO DE ANNE FRANK

Anne Frank nasceu na Alemanha, em 1929, mas em 1933, depois que os nazistas começaram a perseguir os judeus, ela se mudou com a família para Amsterdã. Em 1942, depois que os nazistas ocuparam a Holanda, os Franks se esconderam em um anexo secreto atrás da empresa do pai de Anne. Dois anos depois, eles foram descobertos e presos. Anne morreu em um campo de concentração nazista.

O diário de Anne, que ela chamava de "Kitty", continua sendo um dos nossos testemunhos mais comoventes da coragem do espírito humano. "Peter", mencionado neste trecho, era Peter van Daan, que com seus pais se juntou aos Franks na clandestinidade.

Terça-feira, 7 de março de 1944

Querida Kitty,

Se eu pensar agora na minha vida em 1942, tudo parece tão irreal. A Anne que desfrutava daquela existência celestial era bem diferente da Anne que amadureceu dentro destas paredes. Sim, era uma vida celestial. Cheia de amigos, cerca de vinte amigos e conhecidos da minha idade, a queridinha de quase todos os professores, mimada da cabeça aos pés por mamãe e papai, muitos doces, dinheiro para comprar minhas coisas, o que mais alguém poderia querer?

Você certamente se perguntará como eu fiquei tão querida por toda essa gente. A palavra "atratividade", usada por Peter, não é totalmente verdadeira. Todos os professores se divertiam com minhas respostas fofas, meus comentários divertidos, meu rosto sorridente e meus olhares questionadores. Isso é tudo que eu era — uma terrível paqueradora, coquete e divertida. Eu tinha uma ou duas qualidades, que me favoreciam demais. Eu era trabalhadora, honesta e franca. Eu nunca teria sonhado em me aproveitar de alguém. Dividia generosamente meus doces e não era convencida.

Não é natural que eu tenha ficado um tanto ousada com tanta admiração? Ainda bem que no meio, no auge de toda essa alegria, repentinamente tive que enfrentar a realidade, e demorei pelo menos um ano para me acostumar com o fato de que não mais seria aplaudida.

Como eu me mostrava na escola? Aquela que pensava em novas piadas e pegadinhas, sempre "rainha do castelo", nunca de mau humor, nunca chorona. Não é de admirar que todos gostassem de andar comigo e eu atraísse a atenção.

Agora eu olho para aquela Anne como uma garota divertida, mas muito superficial, que não tem nada a ver com a Anne de hoje. Peter disse sobre mim, com razão: "Todas as vezes que eu via você, você estava cercada por dois ou mais meninos e uma trupe de meninas. Você estava sempre rindo e era sempre o centro de tudo!"

O que resta dessa garota? Oh, não se preocupe, eu não desaprendi a rir ou a dar respostas rápidas. Eu ainda sou boa, se não melhor, em criticar as pessoas, e ainda posso flertar se... eu quiser. Mas não é isso, eu gostaria desse tipo de vida novamente por uma noite, alguns dias ou até uma semana; uma vida aparentemente tão despreocupada e alegre. Mas no final daquela semana, eu me sentiria como morta e ficaria muito grata em ouvir qualquer um que falasse sobre algo sensato comigo. Não quero seguidores, mas amigos, admiradores que não se apaixonam por um sorriso lisonjeiro, mas pelos atos e caráter de alguém.

Eu sei muito bem que o círculo ao redor de mim seria muito menor. Mas o que isso importa, desde que alguns amigos sinceros fossem mantidos?

No entanto, eu não era totalmente feliz em 1942, apesar de tudo; muitas vezes me sentia abandonada, mas como estava em movimento o dia inteiro, não pensava nisso e me divertia o máximo que pudesse. Consciente ou inconscientemente, eu tentava afastar o vazio que sentia com brincadeiras e atividades. Agora penso seriamente na vida e no que devo fazer. Um período da minha vida acabou para sempre. Os dias tranquilos de escola se foram para nunca mais voltar.

Eu nem mesmo anseio mais por eles; eu os superei e não posso apenas me divertir, pois meu lado sério não vai mais embora.

Eu vejo minha vida até o Ano-Novo, por assim dizer, através de uma lupa. A vida ensolarada em casa, a vinda para cá em 1942, a mudança repentina, as brigas, as implicâncias. Eu não conseguia entender, fui pega de surpresa, e a única maneira de manter a postura era sendo impertinente.

A primeira metade de 1943: minhas crises de choro, a solidão, como aos poucos comecei a ver todos os meus erros e defeitos, que são tão grandes e que então pareceram muito maiores. Durante o dia eu deliberadamente falava sobre toda e qualquer coisa que estivesse mais distante dos meus pensamentos, tentava atrair Pim; mas não podia. Sozinha, tive de enfrentar a difícil tarefa de mudar a mim mesma, de fazer parar as eternas censuras, tão opressivas e que me reduziam a tão terrível desânimo.

As coisas melhoraram um pouco na segunda metade do ano; eu me tornei uma jovem mulher e passei a ser tratada mais como adulta. Comecei a pensar, a escrever histórias, e cheguei à conclusão de que os outros não tinham mais o direito de me arremessar como uma bola. Eu queria mudar de acordo com meus próprios desejos. Mas *uma* coisa que me impressionou ainda mais foi quando percebi que nem mesmo papai jamais se tornaria meu confidente a respeito de tudo. Eu não queria mais confiar em ninguém além de mim mesma.

No início do Ano-Novo: a segunda grande mudança, meu sonho... E com ela descobri meu desejo de ter junto de mim não uma amiga, mas um amigo. Também descobri minha felicidade interior e minha armadura defensiva de superficialidade e alegria. No tempo devido eu me acalmei e descobri um desejo ilimitado por tudo que é belo e bom.

E à noite, quando me deito na cama e termino minhas orações com as palavras: "Eu te agradeço, Deus, por tudo que é bom, querido e belo", fico cheia de alegria. Depois penso no "bem" de me esconder, na minha saúde e, com todo o meu ser, na "queridice" de Peter, naquilo que ainda é embrionário e impressionável e que nenhum de nós ousa nomear ou tocar, naquilo que virá algum dia; amor, futuro, felicidade e a "beleza" que existe no mundo; o mundo, a natureza, a beleza e tudo, tudo o que é requintado e excelente.

Não penso então em toda a miséria, mas na beleza que ainda resta. Essa é uma das coisas nas quais mamãe e eu somos totalmente diferentes. Seu conselho quando alguém se sente melancólico é: "Pense em toda a miséria que há no mundo e tenha gratidão por não estar passando por essa miséria!" Meu conselho é: "Vá para fora, para o campo, aproveite a natureza e o sol, saia e tente reencontrar a felicidade em você e em Deus. Pense em toda a beleza que ainda resta dentro de você e ao seu redor e seja feliz!"

Não vejo como a ideia da mamãe pode estar certa, porque, sendo assim, como se comportar quando a miséria afetar você? Você ficaria perdido. Pelo contrário, descobri que sempre resta alguma beleza — na natureza, no brilho do sol, na liberdade, em você mesmo; tudo isso pode ajudar. Contemple essas coisas e você poderá se reencontrar, e a Deus, e então você recuperará seu equilíbrio.

E quem é feliz fará os outros felizes também. Quem tem coragem e fé jamais perecerá na miséria!

Com amor, Anne

(IB)

SE...

Rudyard Kipling

Homens e mulheres corajosos (bem como homens e mulheres covardes) não são assim desde que nascem; eles se tornam assim por meio de seus atos. Este poema ilustra os atos que nos fazem não apenas crescer, mas crescer bem.

Tradução de Ruy Jungmann

Se puderes conservar a cabeça, quando todos à tua volta
Estiverem perdendo a sua e te culpando,
Se puderes confiar em ti, quando todos os homens de ti duvidarem,
Mas os perdoar também por suas dúvidas,
Se puderes esperar, mas não te sentires cansado com a espera,
E sendo objeto de mentiras a elas não recorreres,
Ou, sendo odiado, não cederes ao ódio,
E nem assim parecer bom demais nem falar como sábio demais:
Se puderes sonhar, mas não deixar que os sonhos te dominem,
Se puderes pensar — e não transformar os pensamentos em
teu objetivo,
Se puderes receber Triunfo e Derrota
E tratar esses dois impostores de igual maneira,

Se puderes escutar a verdade do que disseste,
Deturpada por patifes para transformá-la em armadilha para
os tolos,
E olhares as coisas pelas quais deste a vida, quebradas,
E te curvares e as reconstruíres com gastas ferramentas:
Se puderes fazer uma aposta com todos os teus ganhos
E arriscá-los em um único lance,
E perder, e recomeçar do nada,
E nunca uma palavra pronunciar sobre tua perda,
Se puderes forçar o coração, nervo e coragem,
A voltarem a te servir depois de acabados,
E resistires quando nada mais em ti existir
Exceto a Vontade, que lhe diz: "Resiste!"
Se puderes conversar com a turba e conservar tua virtude
Ou andar com reis — sem perderes a humanidade,
Se nem inimigo nem amigo carinhoso puderem te ferir,
Se, para ti, todos os homens têm valor, mas nenhum deles
demais,
Se puderes preencher o minuto implacável
Com sessenta segundos de uma corrida de grande distância,
Tua será a Terra e tudo o que nela há,
E — o que é mais — tu serás um Homem, meu filho!

PODE SER FEITO

Pessoas corajosas pensam sobre as coisas e perguntam: "Essa é a melhor maneira de fazer isso?" Os covardes, por outro lado, sempre dizem: "Isso não pode ser feito."

O homem que perde toda a diversão
É aquele que diz: "Não vai dar, não!"
Com orgulho solene, ele se mantém indiferente
e saúda cada empreendimento com reprovação.
Se ele tivesse o poder, ele apagaria

a história da raça humana;
não teríamos rádio ou automóveis,
ruas iluminadas por estrelas elétricas;
sem telefone, nem telegrama,
vivendo na idade da pedra.
O mundo dormiria se a gestão
fosse de homens que dizem: "Não vai dar, não."

(I.B.)

NOSSOS HERÓIS

Phoebe Cary

Ver o que é certo e fazê-lo com confiança é a marca da coragem moral. Ir contra a multidão quando a multidão está errada é algo que as pessoas mais corajosas fazem sempre que necessário.

Eis a minha saudação para o bravo rapaz
Que aquilo que sabe que é certo faz:
Quando pisa no caminho da tentação,
uma dura batalha ele tem à mão.
Quem luta contra si mesmo e seus companheiros
tem o inimigo mais forte do mundo inteiro.
A ele toda honra e a nossa saudação:
Um brinde ao menino que diz "NÃO!"

Muitas batalhas são travadas todo dia
que o mundo, se visse, não reconheceria;
há de bravos soldados uma multidão
cuja força derrota uma legião.
E aquele que sozinho combate o pecado
é um herói maior, digo e sou confirmado,

que aquele que numa batalha conduz
as tropas e vence em batalha atroz.

Sê firme, meu rapaz, quando for tentado,
e faz o que é certo, e não o errado.
Defenda-se em sua bravura de homem
e logo verás que os inimigos somem.
"Agir certo!" seja seu grito de guerra,
na guerra da vida, que a todos encerra;
e Deus, que conhece os heróis que ele tem,
vai te dar a força necessária também.

(IB)

ROSA PARKS

Kai Friese

A recusa de Rosa Parks em ir para o lugar reservado aos negros no ônibus, em 1955, marcou um momento histórico: o início do movimento que traria o fim da segregação jurídica nos Estados Unidos. Rosa certamente não suspeitava que seu gesto viraria uma página da história americana das relações inter-raciais.

Era quinta-feira, 1º de dezembro de 1955, fim de um dia de trabalho, e milhares de pessoas pegavam os ônibus verdes e brancos que rodavam pelas ruas de Montgomery. Rosa Parks estava cansada após um dia inteiro costurando e passando camisas na loja de departamentos Montgomery Fair. Achou-se com sorte de pegar um lugar nos últimos bancos da parte de trás do ônibus Cleveland Avenue, que a deixaria perto de casa. O ônibus atravessou a Court Square, onde os negros eram vendidos em leilão nos tempos da Confederação, e parou no ponto em frente ao Empire Theatre. O passageiro que entrou ali ficou de pé na parte da frente do corredor. Era um homem branco.

Ao notar que havia uma pessoa branca de pé, o motorista, James F. Blake, gritou para as quatro pessoas negras que estavam sentadas logo atrás da área reservada aos brancos, dizendo que dessem o lugar para o novo passageiro. Ninguém se levantou.

— Melhor não criar problema e se levantar logo daí! — disse o motorista, ameaçador.

Três se levantaram e ficaram de pé na traseira do ônibus, mas Rosa Parks nem se mexeu. Ela já estivera nessa situação outras vezes e sempre cedera o lugar. Sempre se sentira insultada pela exigência.

— Significava que eu só tinha direito a entrar no ônibus, pagar a passagem e ser empurrada de um lado para outro, conforme a vontade deles — disse ela.

Por um capricho do destino, o motorista do ônibus nessa noite de dezembro era o mesmo James F. Blake que uma vez tinha expulsado a rebelde Rosa Parks de um ônibus por ela ter se recusado a entrar pela porta de trás. Isso fora há muito tempo, em 1943. Rosa Parks não estava com disposição para ser empurrada de um lado para outro de novo, então disse ao motorista que não estava na área dos brancos e não iria sair dali.

Blake, porém, conhecia as regras. Sabia que a área dos brancos ficava onde o motorista decidisse. Se entrassem mais passageiros brancos, ele estenderia a área dos brancos até a traseira do ônibus e todos os negros ficariam de pé. O homem gritou a Rosa Parks que fosse lá para trás. Ela não se intimidou. Disse-lhe mais uma vez que não sairia. Todos os passageiros estavam em silêncio, imaginando o que aconteceria a seguir. Finalmente Blake disse a Rosa Parks que a levaria à polícia por violar os códigos de segregação racial.

Em voz baixa mas firme, ela respondeu que ele fizesse o que bem entendesse, porque ela não sairia dali.

Blake desceu do ônibus e voltou com um guarda do Departamento de Polícia de Montgomery. Quando o policial deu voz de prisão a Rosa, ela perguntou, sem rodeios:

— Por que vocês nos empurram de um lado para outro?

Diante do olhar de todos os passageiros voltado para ele, o policial respondeu, confuso:

— Não sei, estou só obedecendo à lei.

Rosa Parks foi levada à delegacia, onde tiraram suas impressões digitais e registraram a ocorrência. Enquanto os policiais preenchiam os formulários, Rosa perguntou se podia beber água. Disseram-lhe que o bebedouro da delegacia ficava na área exclusiva dos brancos. Uma policial a conduziu por um longo corredor que terminava numa parede de barras de ferro. Uma porta gradeada se abriu. Ela entrou. A porta se fechou com estrondo. Ela estava presa.

A decisão de Rosa Parks de defender na Justiça o caso de sua prisão levou a comunidade negra de Montgomery a organizar um boicote de ônibus, numa demonstração de apoio.

Rosa Parks acordou na manhã de segunda-feira, 5 de dezembro, pensando no julgamento. Ao se levantarem, Rosa e seu marido ouviram o ruído familiar de um ônibus da City Lines parando no ponto do outro lado da estrada. Geralmente havia uma aglomeração de pessoas esperando o ônibus àquela hora. Os Parks correram à janela. À exceção do motorista, o ônibus estava vazio, e no ponto não havia ninguém. O ônibus ficou parado por mais de um minuto, exalando fumaça no ar frio de dezembro enquanto o motorista perplexo aguardava algum passageiro. Ninguém apareceu, e o ônibus arrancou.

Rosa Parks encheu-se de alegria ao ver que seus vizinhos realmente boicotavam o ônibus. Mal podia esperar a hora de sair para o tribunal, pois então veria como o restante de Montgomery estava reagindo ao boicote. Quando Fred Gray chegou para levá-la ao julgamento, não ficou desapontada. Rosa esperava que algumas pessoas ou, com um pouco de sorte, metade dos passageiros habituais aderissem ao boicote, mas os ônibus estavam vazios.

Na cidade inteira os ônibus circulavam vazios, levando não mais que o costumeiro pequeno grupo de brancos na frente e às vezes um negro solitário na parte de trás, sem saber o que estava acontecendo. As ruas estavam cheias de pessoas negras andando para o trabalho.

Chegando ao fórum, outra surpresa aguardava Rosa e seu advogado. Cerca de quinhentos negros se aglomeravam numa demonstração de apoio a ela. Lentamente, Rosa e o advogado abriram caminho entre as ovações da multidão e chegaram ao tribunal. O julgamento não tardou a começar. Rosa Parks foi sumariamente julgada culpada de violar a lei de segregação e condenada a pagar multa de dez dólares e mais quatro dólares de custas do processo. Assim havia terminado o julgamento de Claudette Colvin, sete meses antes. Colvin não tivera escolha a não ser acatar o veredicto de culpada e pagar a multa.

Dessa vez, entretanto, Fred Gray levantou-se e entrou com uma apelação para o caso de Rosa. Isso significava que o caso seria levado a uma instância superior num determinado prazo. Até lá, ela estaria em liberdade.

Do lado de fora, a multidão estava agitada. Alguns portavam armas, e os policiais já davam sinais de preocupação. E. D. Nixon saiu para acalmá-los, mas ninguém conseguia ouvi-lo naquele alarido. Vozes na multidão ameaçavam invadir o fórum se Rosa não fosse libertada logo. Quando ela apareceu, as ovações ecoaram novamente.

Após ver os ônibus vazios naquela manhã e a grande multidão destemida a seu favor, Rosa Parks soube que tinha tomado a decisão correta. Os negros estavam se unindo para mostrar à administração da cidade que estavam cansados dos insultos da segregação. Juntos, eles mudariam Montgomery. Podiam fazer algo útil.

(ALA)

SUSAN B. ANTHONY

Joanna Strong e Tom B. Leonard

A Décima Nona Emenda à Constituição, que prevê o sufrágio pleno das mulheres, só foi sancionada 14 anos após a morte de Susan B. Anthony em 1906. No entanto, mais do que qualquer outro, seu nome está associado à longa luta pelo voto das mulheres americanas.

Sua firme determinação fez dela um de nossos maiores exemplos de coragem política.

"O que diabos vocês estão fazendo aqui?", gritou o homem na grande mesa. "Vocês, mulheres, vão para casa cuidar de seus afazeres. Vão para casa lavar a louça. E se não saírem daqui rápido, vou chamar a polícia para expulsá-las!"

Todos na sala pararam e ouviram. Alguns dos homens se limitaram a zombar discretamente; outros olharam com escárnio para as 15 mulheres e gargalharam. Um homem disse: "Caiam fora, senhoras. Seus filhos estão sujos." E com isso, todos os homens no lugar caíram na gargalhada.

Mas essa brincadeira não perturbou a mulher alta e digna que segurava um pedaço de papel à frente das outras 14 senhoras. Ela não se mexeu um centímetro.

"Vim aqui para votar no presidente dos Estados Unidos", disse ela. "Ele será meu presidente, assim como o seu. Somos as mulheres que geram os filhos que defenderão este país. Somos as mulheres que cuidam de suas casas, que assam seu pão, que criam seus filhos e lhes dão filhas. Nós, mulheres, somos cidadãs deste país tanto quanto vocês, e insistimos em votar no homem que será o líder deste governo."

Suas palavras soavam com a clareza de um sino e atingiam o coração. Nenhum homem no local ousava se mover agora. O homem corpulento na mesa, que a havia ameaçado, ficou como que transformado em pedra. E então, calada e cheia de dignidade, Susan B. Anthony caminhou até a urna e colocou dentro dela o papel com seu voto. Cada uma das outras 14 mulheres fez o mesmo, enquanto todos os homens na sala se mantinham em silêncio e observavam.

Corria o ano de 1872. Há muito tempo haviam sido negados às mulheres os direitos que naturalmente deviam exercer. Já havia muito tempo que elas suportavam a injustiça de uma lei injusta; uma lei que as tornava meras posses dos homens.

As mulheres podiam ganhar dinheiro, mas não podiam ser donas dele. Se uma mulher fosse casada e resolvesse trabalhar, cada centavo que ganhasse se tornaria propriedade de seu marido. Em 1872, um homem era considerado o único dono da casa. Sua esposa era considerada incapaz de administrar seus próprios negócios. Ela era tida como uma idiota sem capacidade de pensar com clareza e, portanto, a lei misericordiosamente a protegia, nomeando um tutor — um guardião do sexo masculino, é claro — sobre qualquer propriedade que ela tivesse a sorte de possuir.

Mulheres como Susan Anthony se contorciam com essa injustiça. Susan não via razão que o sexo feminino fosse discriminado. "Por que só os homens podem fazer as leis?", ela chorou. "Por que os homens podem forjar as correntes que nos prendem? Não!", ela exclamou. "Cabe a nós, mulheres, lutar pelos nossos direitos." E então ela jurou que travaria uma batalha eterna, enquanto o Senhor lhe desse forças, para fazer com que as mulheres fossem iguais aos homens perante a lei.

E ela lutou. Susan B. Anthony foi a maior defensora dos direitos das mulheres na América. Ela viajou sem parar, de um extremo ao outro do país. Ela fez milhares de discursos, exortando os homens e tentando despertar as mulheres para lutar por seus direitos. Ela escreveu centenas de panfletos e cartas de protesto. A luta que ela travou foi amarga e difícil, pois as pessoas que se opunham a ela não hesitavam em dizer todo tipo de coisas feias e inverídicas sobre ela e suas apoiadoras. "Nenhuma mulher decente falaria assim. Nenhuma dama refinada constrangeria juízes e associações masculinas e insistiria em falar. Ela é vulgar!"

Muitas mulheres que sabiam que Susan Anthony era uma mulher refinada, inteligente e corajosa tinham medo de dizer isso. *Elas mesmas* tinham medo de serem menosprezadas. Mas com o tempo, elas começaram a amar Susan por tentar ajudá-las.

Depois de um tempo, muitas donas de casa ganharam coragem com o exemplo de Susan. Então, em grandes reuniões, milhares se juntaram a ela. Muitos homens começaram a mudar suas noções quando suas esposas, inspiradas por Susan B. Anthony, os fizeram sentir vergonha do tratamento injusto dispensado às mulheres. Lentamente, a grande Susan B. Anthony foi minando a feroz teimosia dos homens.

Naquele importante dia de 1872, ela e suas fiéis seguidoras votaram para presidente pela primeira vez. Mas, embora os homens no local de votação tenham ficado momentaneamente comovidos, suas mentes ainda não estavam abertas. Em poucos dias, Susan foi presa e levada a um juiz, acusada de ter entrado ilegalmente em uma cabine de votação.

— Como você se declara? — perguntou o juiz.

— Culpada! — gritou Susan. — Culpada de tentar erradicar a escravidão em que vocês, homens, nos colocaram. Culpada de tentar fazer vocês verem que nós, mães, somos tão importantes para este país quanto os homens. Culpada de tentar elevar o padrão da feminilidade, para que os homens possam sentir orgulho da consciência de suas esposas em assuntos públicos.

E então, antes que o juiz pudesse se recuperar desse massacre, ela acrescentou:

— Mas, Meritíssimo, *inocente* de agir contra a Constituição dos Estados Unidos, que diz que nenhuma pessoa deve ser privada de direitos iguais perante a lei. Direitos iguais! — ela trovejou. — Como se pode dizer que nós, mulheres, temos direitos iguais, quando vocês, somente vocês, assumem o direito de fazer as leis, o direito de escolher seus representantes, o direito ao ensino superior. Vocês, cegos, tornaram-se senhores de escravos de suas próprias mães e esposas.

O juiz foi pego de surpresa. Nunca tinha ouvido essas ideias expressas a ele de maneira tão contundente. No entanto, a lei era a lei! O juiz falou baixinho e sem muita convicção:

— Sou forçado a multá-la em cem dólares — disse ele.

— Eu não vou pagar! — disse Susan Anthony. — Marque minhas palavras, a lei será mudada!

E com isso, ela saiu do tribunal.

— Devo segui-la e trazê-la de volta? — disse o escrivão ao juiz.

— Não, deixe-a ir — respondeu o velho juiz. — Temo que ela esteja certa e que a lei logo será mudada.

E Susan continuou proclamando, em novas cruzadas através do vasto território dos Estados Unidos, em cada vilarejo onde seus pés pisaram, seu apelo em prol das mulheres.

Hoje, o voto feminino é um fato consumado. As mulheres podem receber e guardar o que lhes é pago; e sejam casadas ou solteiras, possuem seus próprios bens. Está assegurado que toda mulher pode ir para a faculdade e trabalhar em qualquer negócio ou profissão que escolher. Mas esses direitos, usufruídos pelas mulheres de hoje, foram garantidos pelo valente esforço de muitas defensoras da liberdade das mulheres, como a grande Susan B. Anthony.

(IB)

A VINGANÇA DO LEOPARDO

Coragem envolve saber o que temer, mas isso por si só não é suficiente, como nos lembra este conto popular africano. O pai leopardo desta história pode ser inteligente por conhecer seus limites, mas se vingar de uma parte mais fraca e inocente nada tem de corajoso.

Uma vez um filhote de leopardo afastou-se de casa e se aventurou entre uma grande manada de elefantes. Seus pais o tinham advertido para manter distância daqueles gigantescos animais, mas ele não lhes deu ouvidos. De repente, houve um estouro da manada, e um elefante, sem ver o filhote, pisou nele. Pouco depois uma hiena encontrou o corpo e correu a contar aos pais.

— Trago notícias horríveis — disse ela. — Encontrei seu filhote morto na savana.

A mãe e o pai leopardos deram urros de raiva e desespero.

— Como aconteceu? — perguntou o pai. — Diga quem fez isso com nosso filho! Não descansarei até me vingar!

— Foram os elefantes — disse a hiena.

— Os elefantes? — repetiu o pai leopardo, surpreso. — Você disse que foram os elefantes?

— Sim — afirmou a hiena —, vi as pegadas deles.

O leopardo andou de um lado para o outro, rosnando e balançando a cabeça.

— Não, você se enganou — disse por fim. — Não foram os elefantes. Foram as cabras. As cabras assassinaram meu filho!

Imediatamente deu uma corrida morro abaixo, irrompeu entre um rebanho de cabras que pastavam no vale e, num ataque de fúria, matou todas em vingança.

(ALA)

O MINOTAURO

Adaptado de Andrew Lang

Este mito grego é uma história de compaixão e coragem. Nele há dois heróis: o primeiro é Teseu, que entra no labirinto para salvar seus compatriotas. A segunda é Ariadne, que sonda seu coração e percebe que deve desafiar seu próprio pai para salvar Teseu e os outros. Podemos ter certeza de que Teseu e Ariadne tiveram medo do perigo que enfrentavam, mas de qualquer maneira agiram certo. Não é a ausência de medo que define a coragem, mas fazer a coisa certa apesar dos medos.

A história começa em Atenas, uma das maiores e mais nobres cidades da Grécia Antiga. Entretanto, à época desses eventos, Atenas não passava de uma pequena vila empoleirada num rochedo que se erguia na planície, a umas três milhas do mar. Egeu, o rei, acabava de receber o filho que não via desde o nascimento, um jovem chamado Teseu, destinado a se tornar um dos maiores heróis gregos.

Egeu estava exultante por finalmente ter o filho em casa, mas Teseu percebia que o rei tinha momentos de tristeza e dor. Aos poucos, Teseu começou a notar a mesma melancolia presente no povo de Atenas. Mães em silêncio, pais abatidos, jovens que passavam o dia a contemplar o mar, como se esperassem alguma coisa temível surgir do oceano. Muitos jovens atenienses estavam ausentes, e dizia-se que tinham ido visitar amigos em regiões mais longínquas da Grécia. Por fim, Teseu decidiu perguntar ao pai que mal assolava aquela terra.

— Você chegou numa hora triste — respondeu Egeu, com um suspiro. — Existe uma maldição sobre Atenas, maldição tão estranha e terrível que nem mesmo você, príncipe Teseu, pode vencê-la.

— Conte-me — disse Teseu —, pois, embora eu seja apenas um homem, os deuses imortais me protegem e me auxiliam.

— O problema é muito antigo — disse Egeu. — Vem de um tempo em que jovens de toda a Grécia e de outras terras vinham a Atenas para participar dos jogos, saltos, lutas e corridas. O filho do grande rei Minos, de Creta, era um dos participantes e morreu aqui. Ainda hoje sua morte é um mistério. Alguns dizem que foi por acidente, outros dizem que foi assassinado por adversários invejosos.

"De qualquer modo, seus companheiros fugiram durante a noite, levando a notícia a Creta. O mar ficou negro de navios do rei Minos, que vinha em busca de vingança, e seus exércitos eram poderosos demais para os nossos. Humildemente saímos da cidade para ir ao encontro do rei implorar misericórdia, e ele disse: 'Essa é a misericórdia que lhes darei. Não queimarei a cidade, não levarei seus tesouros e não farei seu povo prisioneiro. Mas pagarão um tributo. Jurem que de sete em sete anos me enviarão sete rapazes e sete moças.' Não tivemos escolha senão concordar. A cada sete anos um navio de velas negras vem de Creta para levar os cativos. Este é o sétimo ano, e o navio virá a qualquer momento.

— E o que acontece a eles quando chegam a Creta? — perguntou Teseu.

— Não sabemos, pois jamais retornam. Os marinheiros de Minos contam que são levados a uma estranha prisão, chamada Labirinto. Cavado na rocha bruta, é cortado por muitos caminhos tortuosos e escuros, e lá dentro vive um monstro horrível, que se chama Minotauro. Esse monstro tem corpo de homem, cabeça de touro, dentes de leão e devora todos que se aproximam. Temo que seja esse o destino dos jovens atenienses.

— Vamos queimar os navios de velas negras e massacrar os marinheiros — disse Teseu.

— Sim, poderíamos — respondeu Egeu —, mas Minos mandaria sua esquadra e exércitos para destruir Atenas.

— Deixe-me ir como cativo — disse Teseu, pondo-se de pé — e matarei o Minotauro. Sou seu filho e herdeiro, é meu dever tentar libertar Atenas dessa terrível maldição.

Egeu tentou persuadir o filho de que o plano era inútil, mas Teseu estava determinado e, quando o navio aportou, juntou-se ao grupo de condenados. Chorando amargamente, seu pai veio lhe dar um último adeus.

— Se conseguir voltar a salvo — disse ele a Teseu —, arrie as velas negras e ice velas brancas quando chegar ao porto para que eu saiba que você não morreu no Labirinto.

— Não se preocupe — disse Teseu. — Aguarde as velas brancas, pois voltarei em triunfo.

O navio negro se fez ao mar e logo navegou para além do horizonte. Após muitos dias, o navio chegou a Creta. Os prisioneiros atenienses foram conduzidos ao palácio, onde o rei Minos os esperava no trono, rodeado por chefes e príncipes gloriosamente vestidos em sedas e adornados com joias de ouro. Moreno, com toques de branco nos cabelos e na longa barba, Minos sentava-se com o cotovelo apoiado nos joelhos, o queixo descansando na mão e os olhos fixos em Teseu. Teseu curvou-se num cumprimento e permaneceu de pé, ereto, olhos nos olhos de Minos.

— Vocês são 15 — Minos falou por fim —, e minha lei só exige 14.

— Vim por vontade própria — respondeu Teseu.

— Por quê? — perguntou Minos.

— O povo de Atenas quer a liberdade, ó rei.

— Há um modo — disse Minos. — Matem o Minotauro e ficarão livres do tributo.

— Tenho a intenção de matá-lo — disse Teseu, e sua fala alvoroçou a multidão de chefes e príncipes. Uma linda jovem deslizou entre eles e colocou-se atrás do trono. Era Ariadne, filha de Minos, uma donzela de coração terno e sábio. Teseu fez uma profunda reverência e novamente se pôs ereto, o olhar pousado na face de Ariadne.

— Você fala como um filho de rei — disse Minos, com um sorriso. — Talvez nunca tenha conhecido a adversidade.

— Conheço bem a adversidade e meu nome é Teseu, filho de Egeu. Vim pedir permissão para enfrentar sozinho o Minotauro. Se eu não conseguir matá-lo, meus companheiros seguirão meu destino no Labirinto.

— Entendo — disse Minos. — Muito bem, é desejo do filho do rei morrer sozinho. Que seja.

Os atenienses foram levados ao longo de galerias ao andar de cima, onde cada um foi conduzido a um quarto mais belo e rico do que jamais sonharam. Levados ao banho, receberam trajes novos e lhes foi servido um opulento banquete. Nenhum deles tinha apetite, porém, exceto Teseu, ciente de que precisaria de toda sua força.

Naquela noite, ao se preparar para dormir, Teseu ouviu uma leve batida na porta, e Ariadne, a filha do rei, entrou no quarto. Novamente Teseu mirou-a e viu em seus olhos uma compaixão que nunca vira antes.

— Muitos conterrâneos seus desapareceram no Labirinto de meu pai — disse ela suavemente. — Trouxe-lhe um punhal e mostrarei a você e a seus amigos o caminho da fuga.

— Agradeço o punhal — respondeu Teseu —, mas não posso fugir. Se quer me mostrar um caminho, que seja o do Minotauro.

— Ainda que você tenha força para matar o monstro — sussurrou Ariadne —, precisará achar o caminho para fora do Labirinto. São muitas curvas e desvios escuros, muitas passagens falsas e vias sem saídas, nem mesmo meu pai conhece todos os segredos. Se está determinado a levar adiante esse plano, tome isso.

Ariadne tirou das vestes um carretel de fio de ouro e colocou-o na mão de Teseu.

— Logo que entrar no Labirinto — disse ela —, amarre a ponta do fio numa pedra e segure com firmeza o carretel todo o tempo. Quando quiser sair, o fio será seu guia.

Teseu olhou-a sem saber o que dizer, e perguntou por fim:

— Por que está fazendo isso? Estará em grande perigo se seu pai descobrir.

— Sim — respondeu Ariadne lentamente. — Mas, se eu nada fizer, você e seus amigos estarão em perigo ainda maior.

E Teseu descobriu que a amava.

Na manhã seguinte, Teseu foi levado ao Labirinto. Tão logo os guardas o deixaram, atou a ponta do fio a uma pedra aguçada e se pôs a andar devagar, segurando firmemente o precioso carretel. Avançou pelo corredor mais largo, do qual saíam outros à esquerda e à direita, até chegar a uma parede. Voltou sobre seus passos e tentou outra passagem, e mais outra, parando a cada passo para tentar ouvir o monstro. Atravessou muitas passagens escuras e tortuosas, voltando às vezes a lugares por onde já passara, mas adentrando cada vez mais o Labirinto. Finalmente chegou a um salão cheio de pilhas de ossos. O monstro estava próximo.

Sentou-se, quieto, e ouviu ao longe um ruído abafado, como o eco de um rugido. Levantou-se e prestou atenção. O som estava mais perto e mais alto, não rouco como o bufar de um touro; era um ruído mais estridente, mais fino. Teseu abaixou-se rapidamente e pegou um pouco de terra do chão do Labirinto, erguendo o punhal com a outra mão.

O bufar do Minotauro se aproximava cada vez mais. Já se ouvia o barulho dos pés, ecoando pesados no chão. Um rugido, uma bufada e silêncio. Teseu recuou para o canto mais escuro de uma via estreita e se agachou. Seu coração batia forte. Veio o Minotauro. Percebendo a figura agachada, o monstro deu um rugido alto e avançou diretamente para ele. Teseu pulou e, desviando para o lado, atirou o punhado de terra nos olhos da besta.

O Minotauro urrou de dor. Com as mãos monstruosas, esfregou os olhos, bramindo em confusão. Sacudiu fortemente a cabeçorra, rodopiou, estendendo as mãos para encontrar a parede. Estava totalmente cego. Teseu agarrou o punhal, esgueirou-se por trás do monstro e desferiu-lhe um golpe rápido nas pernas. O Minotauro desabou com um urro e um estrondo, mordendo o chão com os dentes de leão, debatendo-se, as mãos dilacerando o ar. Teseu esperou a chance e, quando as mãos em garra pararam de se agitar, enfiou três vezes a lâmina afiada do punhal no coração do Minotauro. O corpo se contorceu e parou, quieto.

Teseu ajoelhou-se para agradecer aos deuses e, ao terminar a prece, pegou o punhal e cortou fora a cabeça do Minotauro. Segurando a cabeça degolada, pôs-se a seguir o fio para fora do Labirinto. Parecia que nunca mais conseguiria sair daquelas passagens escuras e sinistras. Teria o cordão se partido em algum lugar e ele, afinal, estava perdido? Seguiu ansiosamente até chegar à entrada, onde se deixou cair exaurido pela luta e pela caminhada.

— Não sei que milagre o fez sair vivo do Labirinto — disse Minos, ao ver a cabeça do monstro. — Manterei minha palavra. Você e seus companheiros estão livres. Agora haverá paz entre seu povo e o meu. Boa viagem.

Teseu sabia que devia a vida e a libertação de sua terra à coragem de Ariadne, e sabia que não partiria sem ela. Alguns dizem que pediu sua mão ao rei, que a concedeu com prazer. Outros afirmam que ela escapuliu para o navio no último minuto antes da partida sem o conhecimento do pai. Seja como for, os amantes estavam juntos quando a âncora foi levantada e o navio partiu de Creta.

Mas esse final feliz se mistura à tragédia, como acontece em muitas histórias. Pois o capitão do barco não sabia que deveria içar velas brancas para anunciar a vitória de Teseu, e o rei Egeu, que, do alto de um penhasco perscrutava aflito as águas, viu as velas negras surgirem no horizonte. Seu coração se partiu, e ele despencou do alto do penhasco em pleno mar, que hoje se chama mar Egeu.

(ALA)

Honestidade

HONESTIDADE

Quando você pensa na reputação de alguém, geralmente pensa primeiro em sua honestidade. Se você diz: "Ele é um homem de honra", quer dizer que essa pessoa é alguém que diz a verdade, mantém sua palavra e faz o que disse que faria. Quando você está decidindo se quer ou não se associar com alguém, a honestidade dele é provavelmente um dos primeiros parâmetros que você usará para medi-lo.

George Washington escreveu: "Espero sempre ter firmeza e virtude suficientes para manter o que considero o mais invejável de todos os títulos: o caráter de um homem honesto." Ele sabia que a honestidade geralmente é o maior bem de uma boa reputação, bem como sua melhor armadura para continuar sendo bom. Quaisquer outras boas características que alguém possua não fazem bem à reputação se não houver honestidade. É possível ser inteligente, amigável, trabalhador e determinado, mas a desonestidade envenena tudo isso.

Muito cedo, colegas e amigos o identificarão como uma pessoa honesta ou desonesta. Quando souberem que você é honesto, as pessoas vão gostar de você, confiar em você e querer estar perto de você. Aqui, no entanto, está a verdade sóbria sobre quem tem reputação de desonesto: ninguém quer estar perto de um mentiroso. Portanto, é muito importante que você proteja sua reputação de honestidade. Apenas uma ou duas mentiras podem destruí-la muito rapidamente. A reputação de mentiroso, em contrapartida, pode exigir muito tempo para ser apagada.

Você pode proteger sua reputação praticando constantemente a honestidade. Como qualquer outro hábito, a honestidade deve ser cultivada. Quanto mais você a pratica, mais ela se torna parte de sua natureza.

Mentir, como qualquer outro mau hábito, geralmente começa em doses pequenas e aparentemente inofensivas. "Aquele que se permite contar uma mentira uma vez", escreveu Thomas Jefferson, "acha muito mais fácil quando chega a segunda vez, até que finalmente isso se torna um hábito. Ele conta mentiras sem perceber, e verdades sem que o mundo acredite nele. Essa falsidade da língua leva à falsidade do coração e, com o tempo, deprava todas as suas boas disposições." Portanto, temos de nos proteger contra as "mentirinhas" que eventualmente podem destruir nosso amor pela verdade.

Às vezes, a honestidade tem seus custos. Um amigo pode querer que você faça algo errado e você pode desagradá-lo, ou até mesmo perder a amizade, ao dizer não. Ou você pode ter de observar os outros progredirem por meio de trapaça ou se aproveitando das regras. Em momentos assim, você pode ser tentado a pensar que talvez o crime compense. E às vezes compensa, mas apenas por um breve período. Um dia, a desonestidade alcança aqueles que a praticam. Enquanto isso, é melhor lembrar as palavras de Sir Thomas More na peça de Robert Bolt, A *Man For All Seasons:* "Sabendo que, às vezes, observamos a avareza, a ira, a inveja, a soberba, a preguiça, a luxúria e a estupidez levando vantagem sobre a humildade, castidade, fortaleza, justiça e pensamento, e temos de escolher ser humanos... então talvez *devamos* nos manter firmes durante algum tempo, mesmo correndo o risco de sermos heróis."

No final, a honestidade é mais do que apenas dizer a verdade às pessoas. Também significa sermos honestos com nós mesmos. Significa fazer a coisa certa mesmo quando sabemos que ninguém mais está olhando. Por quê? Uma das razões é que a falsidade tem um custo terrível em nosso senso de autorrespeito. Ela só pode nos deixar infelizes. Outro motivo foi declarado pelo antigo filósofo grego Demóstenes, que salientou que "o que temos em nós da imagem de Deus é o amor à verdade".

(IB)

O HONESTO ABE

Recontado por Horatio Alger

Os presidentes mais amados pelo povo americano, Washington e Lincoln, são lembrados por sua honestidade. As histórias a seguir nos lembram que a honestidade na vida privada é a base da honestidade no cargo público. Mais importante, eles nos mostram que os hábitos de um coração verdadeiro começam no início da vida.

O JOVEM LOJISTA

Como balconista, Abe mostrou-se hónesto e eficiente, e meus leitores ficarão interessados em algumas ilustrações da primeira característica que encontrei no interessante volume do Dr. Holland.

Um dia, uma mulher entrou na loja e comprou diversos artigos. A conta dela deu dois dólares, seis centavos e um quarto, ou assim o jovem balconista pensou. Hoje em dia não ouvimos falar de seis centavos e um quarto, mas essa era uma moeda emprestada da moeda espanhola, e na minha infância ainda estava em circulação.

A conta foi paga e a mulher ficou totalmente satisfeita. Mas o jovem lojista, não tendo certeza da precisão de seu cálculo, somou os itens mais uma vez. Para sua consternação, ele descobriu que o total deveria ter sido de apenas dois dólares.

"Eu a fiz pagar seis centavos e um quarto a mais", disse Abe, perturbado.

Era um valor pequeno, e muitos lojistas o teriam ignorado por isso mesmo. Mas Abe era muito consciencioso para isso.

"O dinheiro deve ser devolvido", decidiu.

Isso teria sido bastante fácil se a mulher morasse "ao virar da esquina", mas, como o jovem sabia, ela morava a pouco mais de quatro quilômetros de distância. Isso, no entanto, não fazia diferença. Já era noite, mas ele fechou e trancou a loja e caminhou até a residência de sua cliente. Chegou lá, explicou o assunto, pagou os seis centavos e um quarto e voltou satisfeito. Se eu fosse um banqueiro, estaria disposto a emprestar dinheiro, sem garantia, a um jovem assim.

Aqui está outra ilustração da estrita honestidade do jovem Lincoln:

Uma mulher entrou na loja e pediu meia libra, ou seja, cerca de duzentos gramas, de chá.

O jovem balconista pesou e entregou a ela em um pacote. Essa foi a última venda do dia.

Na manhã seguinte, ao iniciar suas funções, Abe descobriu um peso de quatro onças, ou seja, pouco mais de cem gramas, na balança. Ocorreu-lhe imediatamente que ele havia usado esse peso na venda da noite anterior e, portanto, é claro, entregue menos chá que o devido à sua cliente. Receio que haja muitos mercadores rurais que não ficariam muito preocupados com essa descoberta. Mas o jovem funcionário em quem estamos interessados não era assim. Ele pesou o que faltava para meia libra, fechou a loja e levou o chá à cliente prejudicada. Acho que meus jovens leitores começarão a ver que o nome posteriormente tantas vezes dado ao presidente Lincoln, "Velho e Honesto Abe", foi bem-merecido. Um homem que pratica a honestidade total em sua juventude provavelmente não mudará à medida que envelhece, e a honestidade nos negócios é uma garantia da honestidade política.

O QUE HÁ EM UM LIVRO

Todas as informações que podemos obter sobre esse período inicial são interessantes, pois foi nessa época que Abe lançou as bases de sua futura grandeza. Sua mente e caráter estavam se desenvolvendo lentamente e se moldando para o futuro.

Cito um parágrafo do livro do Sr. Lamon sobre a vida de Lincoln que lançará luz sobre seus hábitos e gostos aos 17 anos:

"Abe adorava se deitar sob a sombra de uma árvore ou no sótão da cabana e ler, anotar e rabiscar. À noite ele se sentava junto ao batente da chaminé e, à luz do fogo, rabiscava na pá de lenha. Quando a pá estava quase coberta, ele a raspava com o canivete de Tom Lincoln e começava de novo. Durante o dia ele usava tábuas para o mesmo fim, ao ar livre, e eternamente raspando o que anotava. Sua madrasta repete com frequência que 'ele leu todos os livros em que pôde pôr as mãos'. Ela diz: 'Abe lia diligentemente. Ele leu todos os livros em que pôde pôr as mãos e, quando encontrava uma passagem que o impressionava, ele a escrevia em plaquinhas, se não tivesse papel, e a mantinha lá até conseguir o papel. Então ele reescrevia, olhava, repetia. Ele tinha um caderno, uma espécie de álbum de recortes, no qual anotava todas as coisas e assim as preservava.'"

Sinto-me tentado também a citar uma reminiscência de John Hanks, que viveu com os Lincolns desde que Abe tinha 14 anos até quando ele completou 18: "Quando Lincoln — Abe — e eu voltávamos para casa do trabalho, ele ia até o armário, pegava um pedaço de pão de milho, um livro, sentava-se em uma cadeira, levantava as pernas até a altura da cabeça e lia. Ele e eu trabalhávamos descalços, escavávamos, arávamos, cortávamos e embalávamos juntos; arávamos, colhíamos e debulhávamos o milho. Abraham lia constantemente, quando tinha oportunidade."

Pode-se supor, no entanto, que os livros em que Abe pôde colocar as mãos não foram muitos. Não havia bibliotecas, públicas ou privadas, na vizinhança, e ele era obrigado a ler o que pudesse obter, em vez daqueles que teria escolhido, se tivesse uma grande coleção ao seu dispor. Ainda assim, é interessante saber quais livros ele leu nesse período formativo. Alguns deles certamente valiam a pena ser lidos, como as *Fábulas* de Esopo, *Robinson Crusoé*, *O peregrino*, *Uma história dos Estados Unidos* e *A vida de Washington* de Weem. Este último livro Abe pegou emprestado de um vizinho, o velho Josiah Crawford (acompanho a declaração do Sr. Lamon, e não a do Dr. Holland, que diz que foi do Mestre Crawford, seu professor). Enquanto não estava lendo, Abe colocou-o em uma parte da cabana onde pensou que estaria livre de danos, mas logo atrás da prateleira em que o colocou havia uma grande fenda entre as toras da parede. Certa noite, aconteceu uma tempestade repentina, a chuva entrou pela fenda e encharcou o livro emprestado por completo. O livro ficou totalmente estragado. Abe sentiu-se muito inquieto, pois um livro era valioso aos seus olhos, assim como aos olhos de seu dono.

Ele pegou o volume danificado e caminhou até o Sr. Crawford, meio perplexo e mortificado.

— Bem, Abe, o que o traz aqui tão cedo? — disse o Sr. Crawford.

— Tenho más notícias para o senhor — respondeu Abe, com o rosto triste.

— Más notícias! O que houve?

— Sabe o livro que o senhor me emprestou, *A vida de Washington*?

— Sim, sim.

— Bem, a chuva ontem à noite o estragou todo.

E Abe mostrou o livro, molhado por dentro, explicando ao mesmo tempo como ele havia sido danificado.

— É uma pena! Lamento, mas você precisa pagar, Abe. Você deve ter sido terrivelmente descuidado!

— Eu pagaria se tivesse dinheiro, Sr. Crawford.

— Se você não tem dinheiro, você pode trabalhar para pagar — disse Crawford.

— Eu farei o trabalho que o senhor considerar justo.

Assim, ficou combinado que Abe deveria trabalhar três dias para Crawford, "puxando forragem", sendo o valor de seu trabalho avaliado em 25 centavos por dia. Como o livro custara 75 centavos, isso seria considerado satisfatório. Então Abe trabalhou os três dias e pagou a dívida. O Sr. Lamon parece querer encontrar falhas em Crawford por exigir essa penalidade, mas ela me parece apenas equitativa, e fico feliz em pensar que Abe se dispôs a agir honrosamente sobre o assunto.

(IB)

O CARÁTER DE UMA VIDA FELIZ

Henry Wotton

A honestidade é uma armadura para a alma.

Como é feliz aquele que não
sofre de um outro a escravidão;
cuja armadura é sinceridade,
e que o que tem de melhor é a verdade,

cujas paixões não dominam sua vida,
que para a morte tem a alma urdida.
Desapegado aos cuidados do mundo,
seja a boa fama ou os boatos imundos;

que de ninguém tem inveja jamais,
nem do sortudo, nem do sagaz;
sabe quão mal faz a bajulação,
e segue o bem mais que as leis da nação.

Ele que vive sua vida em paz,
cuja consciência é o castelo que apraz,
que não se abala com o aplauso geral,
nem, se cair, dá vantagem aos maus;

Que todo dia, a qualquer hora reza,
e mais agradece que pede, pois preza
tudo que tem; cujo tempo consigo
é todo dado ao saber ou aos amigos.

Ele está livre das falas servis,
da ambição e das quedas hostis;
Não tendo terras, tem senhoria mais alta:
Pois mesmo tendo nada, nada no mundo lhe falta.

(IB)

O IMPERADOR E O MENINO CAMPONÊS

Este antigo conto do México nos lembra que a honestidade de um coração tem o poder de colocar os demais na direção certa.

Há muito tempo, durante os dias do império asteca, no que hoje chamamos de México, governou um imperador que às vezes gostava de se disfarçar e percorrer sozinho as ruas da cidade e os caminhos do campo. Ele sabia que seus súditos falariam muito mais abertamente e sem medo com um estranho comum do que com seu próprio imperador, e ele foi capaz de aprender, sobre seu povo, muitas coisas que não saberia se jamais saísse de seu trono.

Um dia, o imperador disfarçado estava vagando pelo campo, quando encontrou um menino camponês juntando alguns pedaços de lenha para que sua família preparasse o jantar.

— Você está trabalhando duro, meu amiguinho — disse o imperador —, mas aqui mal há lenha para acender uma fogueira. Por que você não entra naquela floresta densa na encosta? Há muitos gravetos para serem recolhidos lá.

O garoto balançou a cabeça.

— Essa encosta faz parte da floresta do imperador. Ele a reservou para suas caçadas. Ninguém pode entrar sem sua permissão, e pegar gravetos ali significaria morte instantânea.

— Só se você for pego — sorriu o imperador. — A floresta está deserta agora, e você pode entrar e sair facilmente. Ninguém vai te ver, e prometo que vou ficar quieto.

— Obrigado pelo conselho — o menino respondeu friamente —, mas acho que vou recolher o que conseguir achar aqui mesmo.

— Mas pense em toda aquela madeira desperdiçada no chão da floresta! Certamente seu imperador deve ser um governante egoísta e cruel para não compartilhar isso com você.

— É verdade que esta lei é dura e injusta — disse o menino, em tom zangado. — O imperador não tem o que fazer com os gravetos na floresta e, no entanto, nega-os a muitos necessitados. Mas, só porque a lei é injusta, eu tenho de agir errado? Não, não vou entrar na floresta, enquanto houver um caminho melhor.

O menino pegou seu parco feixe de gravetos e voltou para casa com lágrimas nos olhos.

No dia seguinte, um mensageiro real apareceu na casa do menino camponês e ordenou que toda a sua família fosse ao palácio imediatamente. Eles partiram com medo e tremendo, incapazes de imaginar o motivo pelo qual estavam sendo convocados.

Eles foram conduzidos perante o próprio imperador, sentado em seu trono em todos os seus trajes reais. O menino camponês reconheceu seu rosto imediatamente e empalideceu de terror.

— Foi vossa majestade quem me incentivou a entrar na floresta real! — ele exclamou.

— Não tenha medo — disse o imperador. — Você não fez nada de errado. Você se recusou a roubar quando teve a chance e insistiu em obedecer à lei de seu imperador. Eu quero conhecer seus pais. Eles o criaram bem e serão recompensados.

Ele apontou para um baú de ouro, o suficiente para afastar a fome de sua humilde casa pelo resto de suas vidas.

— Mas há algo mais importante — continuou o imperador. — Você estava certo sobre a minha lei. Ela é injusta. A partir de agora, a floresta real está aberta a todos.

Ele tomou a mão do menino camponês.

— Você se perguntou se não havia um caminho melhor — disse ele. — Houve. Sua virtude chegou ao coração de seu imperador.

(IB)

O BOM BISPO

Adaptado de Victor Hugo

Nesta história de os Miseráveis, *de Victor Hugo, vemos uma mentira contada para ajudar outra pessoa. Essa é uma das raras ocasiões em que faz sentido mentir.*

Jean Valjean, um camponês humilde, ficou órfão muito cedo e foi acolhido na casa de sua irmã casada, tão pobre quanto ele, e com sete filhos. Quando ela enviuvou, Jean passou a sustentar a família com enormes sacrifícios. Num inverno especialmente rigoroso, perde o emprego e vê a família ficar na miséria, passando fome. Desesperado, recorre ao crime, roubando uma padaria. Com o braço machucado pelo vidro quebrado da vitrine, é facilmente agarrado, sendo julgado e condenado a cinco anos nas galés. O castigo era, sem dúvida, desproporcional ao furto, e Jean tinha consciência disto: roubara pão para matar a fome de uma família inteira.

Os trabalhos forçados, a convivência com a pior escória, a ignorância e a brutalidade da pena imposta fizeram com que perdesse a razão, apagando em sua mente as lembranças da aldeia e da família. Tentou fugir da prisão depois de quatro anos, mas ficou vagando pela mata, sendo facilmente recapturado. A pena foi dobrada. Outras duas tentativas de fuga só serviram para agravar sua situação.

Quando finalmente foi libertado, era outro homem, endurecido, amargo e totalmente sem perspectiva. Sua reintegração na sociedade era dificultada pelos preconceitos e medos de um egresso das prisões. Os trabalhos que arranjava eram pesados e mal pagos, sendo sempre humilhado e escorraçado. Vivia perambulando pela cidade, até que foi recolhido por monsenhor Bienvenu, que devolveu a ele um pouco de dignidade e calor humano. Dormindo num quarto asseado e numa boa cama, logo começou a se recuperar. Uma ideia fixa ocupou seu pensamento: voltar para Pontarlier, arranjar trabalho, recomeçar a vida.

Para tanto precisaria de algum dinheiro, e os talheres e a concha de prata que vira no jantar apareceram para Jean como uma possibilidade de sair dali. Às quatro horas da manhã, levantou-se em silêncio e, tentando não acordar o monsenhor e a governanta, foi até o armário onde os talheres estavam guardados — talheres que certamente lhe renderiam bom dinheiro. Passou ao lado do velho adormecido, e a bondade excessiva do monsenhor o exasperou. A chave estava na fechadura do armário. Com firmeza atravessou o quarto, com os talheres em seu poder, pulou a janela, percorreu o jardim, e, pulando o muro, desapareceu nas ruas.

No dia seguinte, pela manhã, fazia o bispo seu passeio pelo jardim, quando Madame Magloire veio correndo, a fisionomia transtornada:

— Monsenhor, sabe onde está a cestinha onde se guardam as pratas?

— Claro que sei.

— Graças a Deus! Não havia meio de encontrá-la!

O bispo estendeu o braço para um canteiro florido, apanhou a cesta e entregou-a a Madame Magloire.

— Vazia! E os talheres de prata?

— Eram os talheres que procurava ou a cesta? Da prataria não sei.

— Jesus, os talheres foram roubados! Foi aquele homem, monsenhor! Foi ele! E fugiu por aquele lado!

E correu, em direção à casa, para se certificar da ausência do forasteiro. Na mesma hora, voltou para junto do bispo, que, distraído, continuava a caminhar entre os canteiros.

— Não disse, monsenhor? Foi ele: o celerado pulou a janela do quarto. Levou os talheres, senhor bispo!

— Convenhamos, Madame Magloire, aqueles talheres ofendiam a modéstia desta casa. O certo era dá-los aos pobres. E quem mais pobre e infeliz do que aquele homem?

— Monsenhor gostava tanto deles. Eu e Madame Baptistine não ligamos. Com que talheres vamos agora servi-lo, senhor bispo?

— Há os de estanho, se não me engano.

— O estanho cheira mal.

— De ferro, então.

— Dá mau gosto à comida.

— Use os de madeira.

Durante o almoço, Madame Magloire não parou com os comentários amargos sobre o excesso de confiança do bispo e a ingratidão do hóspede.

Quando monsenhor Bienvenu e a irmã terminavam a refeição, bateram à porta. Três guardas apareceram segurando um homem, cabisbaixo e envergonhado. Um dos guardas avançou e fez continência:

— Com licença, monsenhor.

Jean Valjean, espantado, ergueu os olhos para o prelado:

— Monsenhor! Não é o cura da igreja?

— Silêncio! — gritou o guarda. — Respeite o senhor bispo!

— Estimo vê-lo novamente, senhor Jean — disse monsenhor Bienvenu, aproximando-se do grupo. — É verdade! Por que não levou também os castiçais de prata? Olhe que podem lhe render uns duzentos francos!

A expressão de Jean Valjean foi mais de humilhação do que de espanto.

O guarda observou:

— Bem, monsenhor, pelo que vejo o homem dizia a verdade. Achamos suspeita sua atitude, parecia fugir, e resolvemos prendê-lo. Os talheres de prata estavam na bolsa.

— E ele afirmou que um velho padre, em casa de quem passara a noite, lhe dera os talheres de presente, não foi? Não acreditaram e o arrastaram até aqui. Pois o homem disse a verdade.

— Sendo assim, podemos soltá-lo?

— Sem dúvida.

— Quer dizer que não estou preso — concluiu Jean.

— Está surdo? Não ouviu o que disse monsenhor Bienvenu? Está solto, homem!

— Escute, amigo — disse o bispo. — Desta vez não sairá daqui sem os castiçais.

As duas mulheres, respeitando a decisão do bispo, não disseram nada.

Jean Valjean, trêmulo e contrafeito, mal podia sustentar os pesados castiçais.

— Um pedido, senhor Jean. Quando quiser nos visitar de novo, não entre pelo jardim. A porta da rua, dia e noite, é apenas fechada por uma taramela. Pode abri-la por fora. Nem precisa bater.

Voltando-se para os guardas, acrescentou:

— Boa tarde, senhores. Podem retirar-se.

Aproximou-se de Jean Valjean:

— E não se esqueça da promessa de empregar o dinheiro obtido com a venda da prataria no esforço de se tornar um homem de bem.

Jean Valjean encarou-o espantado: jamais fizera tal promessa, nem a prata lhe fora dada, mas roubada.

O bispo fingiu ignorar o espanto do homem e insistiu:

— Com essa promessa, meu irmão, está livre do mal. Sua alma está resgatada. Entrego-a a Deus.

(MAV)

A CINDERELA INDÍGENA

Recontada por Cyrus Macmillan

Este conto dos índios norte-americanos é sobre como a honestidade é recompensada e a desonestidade punida. Glooskap, mencionado no parágrafo de abertura desta história, era um deus dos índios das florestas do Leste.

Às margens de uma grande baía no litoral do oceano Atlântico vivia, há muito tempo, um grande guerreiro indígena. Diziam que ele foi um dos melhores ajudantes e amigos do deus Glooskap, tendo sido o autor de muitos feitos extraordinários em seu auxílio. Mas, quanto a isso, nada podem dizer os homens. Entretanto, ele tinha um estranho e maravilhoso poder: o de tornar-se invisível. Assim, conseguia entranhar-se em meio aos inimigos e ouvir seus planos. Era conhecido junto ao seu povo como Vento Forte, o Invisível. Morava com a irmã numa tenda perto do mar, e a irmã o ajudava bastante com seu trabalho. Muitas donzelas queriam desposá-lo, e ele era muito almejado por seus feitos; e todos sabiam que Vento Forte se casaria com a primeira que fosse capaz de vê-lo chegar em casa à noite. Quase todas tentaram, mas demorou muito até que uma delas conseguisse.

Vento Forte usava de um inteligente artifício para testar a veracidade daquelas que tentavam conquistá-lo. Todos os dias, ao entardecer, a irmã passeava pela praia com uma das jovens que desejavam empreender a tentativa. A irmã conseguia vê-lo sempre, mas só ela e mais ninguém. Sob a luz do crepúsculo, ao vê-lo aproximar-se de casa, a irmã perguntava à pretendente: "Você está conseguindo vê-lo?" E todas mentiam: "Estou, sim!" A irmã, então, perguntava: "Com o que ele está puxando o trenó?" E elas respondiam: "Com uma pele de alce", ou "Com um cajado", ou "Com uma corda". E a irmã logo via que era mentira, pois não passavam de simples tentativas de adivinhações. Muitas foram as que tentaram e muitas foram as que mentiram; e todas falharam, pois Vento Forte não se casaria com quem não dissesse a verdade.

Vivia na aldeia um grande cacique com três filhas. A mãe das meninas morrera fazia muito tempo. Havia uma que era bem mais nova do que as outras. Era linda, amável e todos gostavam dela; e logo as irmãs passaram a ter ciúmes dos seus encantos e a tratá-la muito mal. Deram-lhe roupas esfarrapadas para que tivesse má aparência, cortaram-lhe os compridos cabelos negros e jogaram-lhe em cima as brasas da fogueira para deixá-la marcada e com o rosto desfigurado. E mentiram ao pai, dizendo-lhe que ela própria tomara tais atitudes. Mas a jovem teve paciência e manteve o bom coração, continuando a fazer seus trabalhos com alegria e disposição.

Como outras jovens da tribo, as filhas mais velhas do chefe tentaram conquistar Vento Forte. Um dia, ao entardecer, foram passear pela praia com a irmã do guerreiro para esperar sua chegada.

Ele não tardou a chegar, puxando o trenó. E a irmã, como sempre, perguntou:

— Vocês estão conseguindo vê-lo?

E cada uma, mentindo, respondeu:

— Estou, sim!

E ela perguntou:

— De que é feita a alça a tiracolo?

E cada uma, tentando adivinhar, respondeu:

— De couro cru.

E entraram na tenda onde esperavam encontrar Vento Forte preparando-se para jantar; e, quando ele tirou o manto e os mocassins, as jovens os viram, mas foi tudo o que conseguiram enxergar. E ficou claro que haviam mentido; e Vento Forte manteve-se afastado; e elas foram embora, desiludidas.

Um dia, a filha mais nova do chefe, com seus andrajos e cicatrizes, resolveu procurar Vento Forte. Remendou as roupas com pedaços de casca das árvores, colocou os poucos ornamentos de que dispunha e foi tentar ver o Guerreiro Invisível como todas as outras moças da aldeia. E as irmãs caçoaram dela, chamando-a de "boba". E, a caminho da praia, todos fizeram pilhéria da moça em frangalhos e de rosto marcado; mas ela prosseguiu em silêncio.

A irmã de Vento Forte recebeu a jovem com amabilidade e, ao baixar o crepúsculo, levou-a para a praia. O guerreiro não tardou a chegar em casa, puxando o trenó. E a irmã perguntou:

— Você está conseguindo vê-lo?

E ela respondeu:

— Não!

E a irmã se surpreendeu muito, pois ela dissera a verdade. E tornou a perguntar:

— Você está conseguindo vê-lo agora?

— Estou, sim! E ele é maravilhoso!

— Com o que ele está puxando o trenó?

— Com o Arco-Íris — respondeu a jovem, bastante assustada.

— De que é feito o arco?

— Da Via Láctea.

A irmã de Vento Forte sabia que, por ter a jovem respondido a verdade da primeira vez, o irmão se deixara ver. E ela disse:

— É verdade, você o viu.

E levou, então, a jovem filha do cacique para casa, preparou-lhe um banho, e todas as cicatrizes do rosto e do corpo desapareceram; e os cabelos cresceram novamente, negros como as asas dos corvos; e deu-lhe bonitas roupas para vestir e ricos adereços. Convidou-a em seguida a tomar o lugar da esposa na tenda. E logo Vento Forte entrou, indo sentar-se ao seu lado, e disse-lhe que era agora sua noiva. No dia seguinte, ela se tornou sua mulher e passou a ajudá-lo nos grandes feitos. Suas irmãs mais velhas ficaram furiosas e nunca chegaram a saber o que aconteceu. Mas Vento Forte, que sabia da crueldade das duas, resolveu castigá-las. Utilizando seu enorme poder, transformou-as em álamos e prendeu suas raízes bem fundo na terra. E, desde então, as folhas dos álamos tremem sempre, com medo de o Vento Forte chegar, mesmo que ele venha tranquilo, pois ainda recordam toda sua força e ira nos castigos recebidos pelas mentiras que contaram e pelas maldades que faziam com a irmã, muito tempo atrás.

(RS)

A MENTIRA QUE JUSTIFICOU UMA OUTRA

Os exageros raramente passam despercebidos, como nos mostra esta história do Sudeste Asiático.

Um homem voltou para casa depois de viajar para o exterior, ansioso para se gabar de suas aventuras.

— Vi coisas que vocês nunca imaginaram, nem mesmo em seus sonhos — disse ele a seus amigos. — Certa vez, vi o mais longo dos navios flutuando. O capitão estava parado na popa e deu ao grumete uma mensagem para levar ao imediato, que estava na proa. O rapaz tinha apenas dez anos quando partiu; sua barba branca se arrastava no convés, quando ele alcançou o mastro. Não esperei para ver se ele viveria o suficiente para percorrer o resto do caminho.

Seus amigos se entreolharam. Um disse:

— Isso não é nada. Você não precisava sair de casa para encontrar atrações como essa. Ora, na floresta, logo depois daquele cume, vi uma árvore tão alta que abriu um buraco no céu. Certa vez, um pássaro tentou voar até o topo dela, mas quando alcançou apenas o terceiro galho a partir do chão, estava velho demais para ir mais longe. Então ele parou e pôs um ovo, e disse ao filhote para continuar a jornada. Sete gerações de pássaros voaram em direção ao topo e ainda não chegaram à metade do caminho.

— Isso é ridículo — zombou o viajante. — Nunca ouvi uma mentira tão grande na minha vida.

— Se é assim — perguntou o amigo —, de onde tiraram a árvore para fazer o mastro do seu navio?

(IB)

O BARBANTE

Guy de Maupassant

Esta história nos lembra que uma mentira, mesmo que pequena, pode matar.

Por todas as estradas ao redor de Goderville, camponeses e suas mulheres dirigiam-se para a cidade, pois era dia de feira. Os homens iam num passo tranquilo, o corpo inclinado para a frente a cada movimento de suas pernas tortas, deformadas pelo trabalho rude, pelo peso da charrua, que faz com que, ao mesmo tempo, levantem o ombro esquerdo e desloquem a cintura, pelo ceifar do trigo que separa os joelhos para dar equilíbrio, por todas as lidas lentas e penosas do campo. Suas camisas azuis, grossas, brilhantes, enfeitadas no colarinho e nos punhos por um galão branco, infladas sobre os torsos ossudos, lembram um balão prestes a voar, de onde saem cabeça, braços e pés.

Alguns levavam uma vaca ou um bezerro na ponta de uma corda. E suas mulheres, atrás do animal, cutucavam-lhe o flanco com um longo ramo ainda cheio de folhas para apressar a marcha. Levavam nos braços enormes cestos de onde saíam aqui e ali cabeças de frangos e de patos. E andavam num passo mais curto e mais esperto do que o de seus homens, o corpo seco, reto e envolto em um pequeno xale apertado, preso sobre o peito chato, a cabeça enrolada em um pano branco coberto por um toucado.

Depois, uma charrete passava num trote entrecortado, sacudindo de maneira estranha dois homens sentados lado a lado e uma mulher no fundo do carro, segurando firmemente a lateral para atenuar os duros solavancos.

Na praça de Goderville havia uma multidão, uma balbúrdia de humanos e animais misturados. Os chifres dos bois, os chapéus altos e peludos dos camponeses ricos e os toucados das camponesas emergiam da superfície da massa. E as vozes gritantes, agudas, estridentes formavam um clamor contínuo e selvagem que era dominado por vezes por um grande estrondo de alegria saído do peito de um robusto camponês ou por um longo mugido de uma vaca amarrada a um muro de alguma casa.

Tudo cheirava a estábulo, a leite e a fumaça, a feno e a suor, espalhando um odor acre horroroso.

Mestre Hauchecorne, de Bréauté, acabara de chegar a Goderville e se dirigia à praça quando viu no caminho um pequeno pedaço de barbante. Mestre Hauchecorne, sovina como um bom normando, pensou que valia a pena apanhar qualquer coisa que pudesse ter serventia; abaixou-se com grande sacrifício, pois sofria de reumatismo, recolheu o pedaço de barbante e se dispunha a enrolá-lo com cuidado quando percebeu, na soleira de sua porta, Mestre Malandain, o seleiro, que o observava. Eles tinham se desentendido no passado, a propósito de um cabresto, e continuavam brigados, rancorosos que eram. Mestre Hauchecorne foi tomado de uma súbita sensação de vergonha ao ser pego assim por seu inimigo, procurando na poeira um mísero pedaço de barbante. Escondeu bruscamente seu achado sob a camisa, no bolso interno da calça; em seguida fingiu estar procurando no chão mais alguma coisa, e depois seguiu para a feira, a cabeça inclinada para a frente, curvado por suas dores.

Perdeu-se logo na multidão barulhenta e morosa, agitada por intermináveis discussões de preços e produtos. Os camponeses apalpavam as vacas, faziam-nas rodar para um lado e para o outro, sempre com a desconfiança de estarem sendo passados para trás, perplexos, não ousando decidir, espiando no olho do vendedor, procurando sem parar a esperteza do homem ou o defeito do animal.

As mulheres, tendo pousado os cestos a seus pés, tiravam aves que jaziam no chão amarradas pelas patas, os olhos estatelados, a goela escarlate.

Elas escutavam as propostas, mantinham preços, secas, o rosto impassível, ou de uma hora para a outra decidiam aceitar o desconto proposto, gritando para o cliente que se afastava lentamente:

— Está bem, Mestre Anthime! Estou lhe dando de graça.

Mais tarde, pouco a pouco, a praça começava a esvaziar e o *Angelus* anunciava o meio-dia, e os que moravam longe se espalhavam pelas tabernas.

Na cantina de Jourdain, a grande sala estava cheia de famintos, e o pátio, cheio de veículos de todo tipo: charretes, cabriolés, carroças, tílburis, carriolas não identificáveis, amarelas de poeira, deformadas, remendadas, levantando seus tirantes em direção ao céu como dois braços, ou então para baixo, a traseira no ar.

Bem perto dos comensais da fila da direita, a imensa chaminé, com suas chamas claras, lançava um calor vivo. Três espetos rodavam carregados de frangos, pombos e pernis de carneiro; um cheiro tentador de carne assada e de gordura que pingava da pele tostada evaporava do forno, iluminava as brincadeiras e aguava as bocas.

Toda a aristocracia do arado comia ali, no Jourdain, hoteleiro e negociante, um homem astuto em juntar seus tostões.

As travessas passavam e esvaziavam ao mesmo tempo que os jarros de cidra amarela. Cada qual contava seus negócios, suas compras e vendas. Trocavam-se novidades sobre as colheitas. O tempo estava bom para as verduras, mas um pouco frio para o trigo.

De repente um tambor rufa no pátio diante da casa. Todo mundo se põe de pé ao mesmo tempo, com a exceção de alguns indiferentes, e corre para a porta, para as janelas, a boca ainda cheia, e o guardanapo na mão.

Depois de acabar de rufar o tambor, o pregoeiro público lança suas frases de maneira escandida:

— É feito saber aos habitantes de Goderville, e em geral a todos, às pessoas presentes à feira, que se perdeu hoje de manhã na estrada de Beuzeville, entre nove e dez horas, uma carteira de couro negro, contendo quinhentos francos e alguns papéis de negócios. Pede-se a quem encontrar devolver na prefeitura, incontinente, ou para o Mestre Fortuné Houlbrèque, de Manneville. Haverá 25 francos de recompensa.

Em seguida o homem se foi. Ouviu-se ainda uma vez, ao longe, os batimentos surdos do instrumento e a sua voz enfraquecida.

A partir de então só se falava do acontecimento, enumerando-se as chances de Mestre Houlbrèque recuperar ou não sua carteira.

E a refeição terminou.

Já se tomava o café quando o oficial da guarda apareceu na porta e perguntou:

— Mestre Hauchecorne de Bréauté se encontra?

E Mestre Hauchecorne, do outro lado da mesa, respondeu:

— Aqui.

E o oficial retomou:

— Mestre Hauchecorne, poderia fazer o obséquio de me acompanhar à prefeitura? O senhor prefeito gostaria de lhe falar.

O camponês, surpreso, inquieto, esvaziou de uma vez seu copinho, levantou-se e, mais curvado ainda do que de manhã, visto que os primeiros passos após um breve descanso eram-lhe particularmente difíceis, pôs-se a caminho sempre resmungando:

— Estou aqui, estou aqui.

E seguiu o guarda.

O prefeito o aguardava, sentado em sua poltrona. Era o notário do lugar, homem gordo, grave, de frases pomposas.

— Mestre Hauchecorne — disse —, viram o senhor apanhar, esta manhã, na estrada de Beuzeville, a carteira perdida de Mestre Houlbrèque, de Manneville.

O camponês, aturdido, olhava o prefeito, já amedrontado pela suspeita que pesava contra ele, sem compreender o porquê.

— Mas, mas, eu apanhei essa tal carteira?

— Sim, o senhor mesmo.

— Palavra de honra, eu nunca nem vi isso.

— Viram o senhor.

— Me viram? Quem me viu?

— M. Malandain, o seleiro.

— Ah! Então ele me viu, esse safado! O que ele viu foi eu apanhar este barbante. Espera aí, seu prefeito, vou lhe mostrar.

E, remexendo o fundo do bolso, tira o barbantinho.

— O senhor não quer que eu acredite, Mestre Hauchecorne, que M. Malandain, que é um homem digno de fé, tomou esse barbante por uma carteira de dinheiro!

Mas o camponês, furioso, levantou a mão, cuspiu para o lado para atestar sua honra, repetindo:

— No entanto é a pura verdade, por Deus, a santa verdade, senhor prefeito. Pela minha alma e pela minha salvação, eu juro!

O prefeito respondeu:

— Depois de ter recolhido a carteira, o senhor continuou procurando por um longo tempo na lama se uma moeda não teria escapado.

O velhote sufocava de indignação e de pavor.

— O que se pode dizer... o que se pode dizer... contra mentiras como essa, que desnaturam um homem honesto! O que se pode dizer!...

Por mais que protestasse, ninguém acreditava nele.

Foi acareado com M. Malandain, que repetiu e sustentou sua versão. Os dois se xingaram durante uma hora. A seu pedido, foi revistado sem que se encontrasse nada em seu poder.

Enfim, o prefeito, bastante impressionado, liberou-o, prevenindo-o de que iria consultar o tribunal e pedir orientação.

A novidade se espalhou. Assim que saiu da prefeitura, o velho foi rodeado e interrogado por uma curiosidade entre séria e debochada, mas desprovida de qualquer indignação. E logo se pôs a contar e recontar a história do barbante. Ninguém acreditou. Todos riam.

Diziam:

— Velhote esperto, esse aí!

Ele se zangava, se exasperava, febril, desolado por estar desacreditado, sem saber o que fazer, contando sem parar a mesma história.

A noite veio. Tinha de partir. Retirou-se com três vizinhos a quem mostrou o lugar exato onde apanhara o pedaço de barbante; durante todo o trajeto só falou de sua aventura.

Mais tarde, deu uma volta pelo povoado de Bréauté para contar a todos. Só encontrou incrédulos.

Passou mal a noite inteira.

No dia seguinte, perto de uma hora da tarde, Marius Paumelle, empregado da fazenda de Mestre Bréton, agricultor em Ymauville, devolveu a carteira e seu conteúdo a Mestre Houlbrèque, de Manneville.

Esse homem, na verdade, dizia ter encontrado a carteira na estrada, mas, sem saber ler, levou-a a seu patrão.

A novidade espalhou-se pela região. Mestre Hauchecorne foi informado. Imediatamente ele se pôs em campo para narrar sua história, completada pela solução. Triunfava.

— O que me fazia mais indignado não era tanto a coisa em si, mas a mentirada, compreende? Não há nada mais destruidor do que ser acusado por uma mentira. Uma calúnia.

O dia inteiro ele falava de sua aventura, contava e recontava, nas estradas, às pessoas que passavam, no cabaré, às pessoas que bebiam, na saída da igreja, no domingo seguinte. Parava desconhecidos para lhes dizer. Agora, estava tranquilo, no entanto, qualquer coisa o incomodava sem que ele soubesse exatamente o quê. As pessoas tinham um ar de gozação ao escutá-lo. Não pareciam convencidas. Sentia uma desconfiança pelas suas costas.

Na terça-feira seguinte voltou à feira de Goderville, unicamente impelido pela necessidade de contar seu caso.

Malandain, em pé na sua porta, começou a rir à sua passagem. Por quê?

Abordou um camponês de Criquetot que não permitiu que ele acabasse a história, dando-lhe um tapinha no ventre e dizendo-lhe na cara:

— Grande malandro, vai! — disse, e depois lhe deu as costas.

Mestre Hauchecorne ficou muito perturbado e cada vez mais inquieto. Por que o tinham chamado de "grande malandro"?

Quando estava sentado à mesa, na taverna do Jourdain, ele tornou a explicar sua desventura.

Um negociante de Montvilliers gritou-lhe:

— Vamos! Vamos! Velho golpe, eu conheço esse seu barbante!

Hauchecorne balbuciou:

— Mas, afinal, não encontraram a maldita carteira?

Ao que o outro replicou:

— Cala a boca, vovô! Tem um que encontra e um que devolve. Ninguém viu, ninguém soube. Que embrulhada!

O velho camponês ficou sufocado. Enfim compreendeu. Acusavam-no de ter devolvido a carteira por um compadre, um cúmplice.

Ele quis protestar. Toda a mesa começou a rir.

Sem acabar a refeição, ele saiu em meio a gozações.

Entrou em casa humilhado e indignado, sufocado pela cólera, pela confusão, mesmo porque, com sua manha de normando, ele bem que seria capaz de fazer exatamente aquilo de que era acusado e, ainda por cima, de se vangloriar de tê-lo feito. Sua inocência era agora, confusamente, impossível de ser provada, se sua malícia era já tão conhecida. E, em seu coração, a injustiça da suspeita era uma punhalada.

Então, ele recomeçou a contar toda a história, aumentando a cada dia o relato, acrescentando por vezes novos elementos, protestos mais enérgicos, juramentos mais solenes que preparava nas horas de solidão, o espírito ocupado apenas em explicar o caso do barbante. Quanto mais sua defesa se complicava, menos acreditavam nele.

— São razões de um mentiroso — diziam por trás.

Ele percebia, seu sangue fervia, esgotava-se em esforços inúteis.

Definhava a olhos vistos.

Os gozadores o faziam repetir “o caso do barbante” para se divertir, como se faz com soldados quando chegam da batalha. Seu espírito, atingido, enfraquecia.

Perto do fim de dezembro, caiu de cama.

Morreu nos primeiros dias de janeiro, e, no seu delírio de agonia, atestava sua inocência repetindo:

— Um barbantinho... um barbantinho, olhe, senhor prefeito, este aqui.

(MAV)

A QUESTÃO

Procure honestidade em si mesmo antes de procurá-la em seus vizinhos.

Se fosse o mundo inteiro
tão bom quanto você;
nem um pouco melhor,
tão puro e tão sincero,
tão forte em fé e obras,
tão livre de manobras,
de roubos e de enganos,
de esquemas fraudulentos
para prejudicar,
para alguém derrotar,
para ser aplaudido —
seria então o mundo
melhor do que já é?

Se o mundo o seguisse,
seguisse ao pé da letra,
seria ele mais nobre,
livre de enganações?

Malícia e egoísmo
expostas como são:
escondendo de muitos
homens o coração...
Se o mundo o seguisse,
teria solução?

(IB)

A HISTÓRIA DE RÉGULO

Recontada por James Baldwin

Esta história antiga é sobre o general e estadista romano Marco Atílio Régulo. Ela ocorre no século III a.C., durante a Primeira Guerra Púnica entre Roma e Cartago. A narrativa sobre o modo como Régulo manteve sua palavra o tornou célebre na história romana.

Partindo de Roma e cruzando o mar, chegava-se antigamente a uma grande cidade chamada Cartago. Os romanos nunca foram muito simpáticos aos cartagineses, e os dois povos acabaram entrando em guerra. Durante algum tempo, não se podia dizer qual dos dois sairia vitorioso. Ora os romanos ganhavam uma batalha, ora os cartagineses; e assim prosseguiram por muitos anos.

Entre os romanos, havia um corajoso general chamado Régulo, tido por todos como homem que jamais deixava de cumprir a palavra. Numa ocasião, foi derrotado e levado para Cartago. Na prisão, solitário e abatido, sonhava com a mulher e os filhos pequenos do outro lado do mar e tinha poucas esperanças de tornar a vê-los. Amava muito a família, mas tinha a obrigação para com seu país em primeiro lugar, por isso os havia deixado e partido para a guerra cruel.

Perdera uma batalha e tornara-se prisioneiro. Sabia, porém, que os romanos estavam ganhando terreno, e o povo de Cartago temia a derrota final. Os exércitos inimigos haviam pedido reforços a países vizinhos; mesmo assim, não seriam capazes de continuar lutando contra Roma por muito tempo.

Um dia, algumas autoridades de Cartago foram ter com Régulo na prisão.

— Nós gostaríamos de propor a paz aos romanos. Temos certeza de que, se soubessem do andamento da guerra, seus dirigentes ficariam satisfeitos em fazer as pazes conosco. Iremos libertá-lo a fim de que retorne para casa, se você concordar em seguir nossas instruções.

— E quais são elas? — perguntou Régulo.

— Em primeiro lugar, conte aos romanos sobre as batalhas que perdeu; e deixe claro, para todos, que nada ganharam com a guerra. Em segundo lugar, prometa que, se eles não aceitarem a paz, você retornará para a prisão.

— Pois bem! Prometo que, se eles não aceitarem a paz, eu retornarei à prisão.

Os cartagineses, então, deixaram-no partir, pois sabiam que um grande romano manteria a palavra.

Ao chegar a Roma, foi recebido por todos com alegria. A mulher e os filhos ficaram muito felizes, pois achavam que não mais tornariam a se separar. Os velhos membros do conselho da cidade vieram vê-lo, e indagaram sobre a guerra.

— Fui enviado de Cartago para pedir-lhes a paz — disse ele. — Mas não será uma decisão sábia, se assim resolverem. É verdade que perdemos algumas batalhas, mas nossos exércitos estão ganhando terreno a cada dia. Os cartagineses estão temerosos, e com razão. Mantenham a guerra um pouco mais, e Cartago logo será sua. Quanto a mim, vim me despedir de minha mulher, de meus filhos e de Roma. Amanhã retorno para a prisão em Cartago, pois foi o que prometi.

Os conselheiros tentaram persuadi-lo a ficar.

— Vamos enviar uma outra pessoa em seu lugar.

— Como pode um romano deixar de cumprir com a palavra? — retrucou Régulo. — Estou enfermo e certamente não viverei muito tempo mais. Volto, conforme o prometido.

Sua família chorou muito, e os filhos pediram que não os deixasse.

— Empenhei minha palavra. O resto se resolverá.

Despediu-se de todos e retornou corajosamente para a prisão, ao encontro da morte cruel que o esperava.

Esse tipo de bravura foi o que fez de Roma a maior cidade do mundo.

(RS)

A VERDADE E A MENTIRA

Como aponta este conto popular da Grécia, a alma virtuosa não apenas ama a verdade por si mesma, mas também detesta as ações da mentira. O engano é muito mais doloroso para essa alma do que suportar as dificuldades que às vezes acompanham a honestidade.

Houve uma ocasião em que a Verdade e a Mentira se encontraram numa estrada.

— Boa tarde! — disse a Verdade.

— Boa tarde! — retrucou a Mentira. — Como você tem passado?

— Sinto dizer que não vou lá tão bem. Sabe, os tempos andam difíceis para uma pessoa como eu — lamentou-se a Verdade.

— É, dá para perceber — disse a Mentira, olhando de cima a baixo as roupas esfarrapadas da Verdade. — Parece que você não faz uma boa refeição há algum tempo!

— Para ser honesta, não faço mesmo — admitiu a Verdade. — Ninguém mais quer usar meus serviços. Aonde quer que eu vá, muita gente me ignora ou faz pouco de mim. Estou perdendo o ânimo, sabe. Estou começando a me perguntar se vale a pena continuar assim.

— E por que diabos você continua? Venha comigo que eu vou lhe mostrar como se dar bem. Não há razão nesse mundo para você deixar de comer o que quiser, como eu, nem de se vestir com as melhores roupas, como eu. Mas prometa que não vai dizer absolutamente nada contra mim enquanto estivermos juntas.

A Verdade prometeu e concordou em acompanhar a Mentira por algum tempo, não por gostar de sua companhia, mas por ter tanta fome que estava prestes a desmaiar se não colocasse alguma coisa para dentro do estômago. Seguiram as duas pela estrada até chegarem a uma cidade, e a Mentira foi logo conduzindo a Verdade para a melhor mesa do melhor restaurante das redondezas.

— Garçom, traga a carne mais apetitosa, as sobremesas mais gostosas e o vinho mais saboroso que vocês tiverem — pediu ela, e as duas passaram a tarde inteira comendo e bebendo do bom e do melhor. Por fim, quando já não aguentavam mais, a Mentira começou a bater na mesa com o punho cerrado e a chamar pelo gerente, que veio correndo.

— Que diabo de lugar é esse? Eu entreguei uma moeda de ouro ao garçom há quase uma hora e ele ainda não trouxe o troco.

O gerente mandou chamar o garçom, que disse não ter recebido um centavo sequer daquela senhora.

— O quê? — gritou a Mentira, chamando a atenção de absolutamente todo mundo ali presente. — Não posso acreditar numa coisa dessas! Duas inocentes e respeitáveis cidadãs chegam a uma casa como essa para almoçar e vocês tentam roubar-lhes o dinheiro ganho com muito suor! Vocês são um bando de ladrões mentirosos. Podem me enganar uma vez, mas estejam certos de que não vão me ver nunca mais. Tome! — E jogou uma moeda de ouro nas mãos do gerente. — E não vá se esquecer do meu troco outra vez.

O gerente, porém, receando pela reputação do restaurante, recusou-se a aceitar a moeda e trouxe o troco da primeira que a Mentira dizia ter entregado ao garçom. Levou depois o garçom para um canto, chamou-o de canalha e disse que estava pensando em demiti-lo. E, por mais que o pobre negasse ter recebido um centavo sequer da freguesa, o gerente continuou sem acreditar nele.

— Ora essa, onde foi parar a Verdade? — murmurou baixinho o garçom. — Será que ela abandonou as pobres almas devotadas?

"Não, eu estou bem aqui", resmungou a Verdade para si mesma, "mas meu juízo cedeu à minha fome, e agora não posso dizer nada sem quebrar a promessa que fiz à Mentira."

Assim que as duas saíram na rua, a Mentira soltou uma tremenda gargalhada e congratulou-se com a Verdade:

— Está vendo como o mundo funciona? Você não acha que eu me saí muito bem?

Mas a Verdade se afastou dela.

— Prefiro morrer de fome a viver como você.

E então a Verdade e a Mentira se separaram e jamais tornaram a se encontrar.

(RS)

A VERDADE, A MENTIRA, O FOGO E A ÁGUA

Esta história sobre a eterna luta entre a verdade e a mentira é contada na Etiópia e em outras nações da África Oriental.

Há muito tempo, a Verdade, a Mentira, o Fogo e a Água estavam viajando e encontraram um rebanho de gado. Discutiram o assunto e chegaram à conclusão de que seria melhor dividir o rebanho em quatro partes iguais para que cada um pudesse levar consigo uma quantidade igual de animais.

Mas a Mentira era gananciosa e arquitetou um plano para ficar com uma parte maior.

— Ouça o meu conselho — sussurrou ela, puxando a Água para um canto. — O Fogo está planejando queimar toda a relva e as árvores das suas margens para conduzir seu gado pelas planícies e ficar com os seus animais. Se eu fosse você, acabaria com ele logo agora, e assim repartiríamos a parte dele entre nós.

A Água foi tola o suficiente para acatar o conselho da Mentira e lançou-se sobre o Fogo, apagando-o.

E a Mentira dirigiu-se em seguida para a Verdade, sussurrando-lhe:

— Veja só o que fez a Água! Acabou com o Fogo para ficar com o gado dele. Não deveríamos associar-nos a alguém assim. Deveríamos pegar todo o gado e partir para as montanhas.

A Verdade acreditou nas palavras da Mentira e concordou com seu plano. E, juntas, levaram o gado para as montanhas.

— Esperem por mim — disse a Água, correndo no seu encalço, mas é claro que não conseguiu correr morro acima. E foi deixada para trás, no vale.

Ao chegarem ao topo da montanha mais alta, a Mentira virou-se para a Verdade e pôs-se a rir.

— Consegui enganar você, sua idiota! — disse ela, soltando uma risada estridente. — Agora você vai me dar todo o gado e será minha escrava, ou eu a destruirei.

— Ora, essa! Você me enganou — admitiu a Verdade. — Mas eu jamais serei sua escrava.

E as duas brigaram; e, enquanto se batiam, os trovões ecoavam pelas montanhas. As duas se agrediram como quê, mas nenhuma conseguiu destruir a outra.

Acabaram decidindo chamar o Vento para dizer quem seria a vencedora da disputa. E o Vento subiu a montanha a toda velocidade e escutou o que ambas tinham a dizer. E, por fim, disse:

— Não me cabe apontar a vencedora. A Verdade e a Mentira estão fadadas à disputa. Às vezes, a Verdade ganhará; outras vezes, a Mentira prevalecerá; neste caso, a Verdade deverá se erguer e tornar a lutar. Até o fim do mundo, a Verdade deverá combater a Mentira e jamais buscar o descanso ou baixar a guarda; caso contrário, será aniquilada para sempre.

É por isso que a Verdade e a Mentira continuam lutando até hoje.

(RS)

Lealdade

LEALDADE

UM GRANDE MESTRE JUDEU, o rabino Hillel, certa vez perguntou: "Se eu não for por mim, quem será por mim? Mas se eu for só para mim, o que sou eu?"

Você deve se fazer essas mesmas perguntas ao pensar sobre a lealdade. Certamente é importante cuidar de si mesmo, pensar em suas próprias necessidades, "priorizar o prioritário". Mas se isso é *tudo* com o que você se importa, ou se é o que *mais lhe importa*, que tipo de pessoa isso faz de você?

Lealdade significa se importar seriamente com suas relações com os outros e estar disposto a mostrar isso através de suas ações. Você pode ser leal a muitas pessoas ou grupos — à família, aos amigos, à sua escola, à sua igreja, ao seu país. Em todos esses casos, lealdade significa olhar além de suas próprias necessidades. Significa colocar-se em segundo lugar, se necessário. Requer que você faça a coisa certa na hora certa para aqueles com quem você se importa.

Costumamos dizer que "devemos nossa lealdade" a alguém ou a alguma coisa. É que os relacionamentos são uma via de mão dupla. Procuramos mostrar que nos importamos com certas pessoas, em parte, porque elas demonstraram que se importam conosco. Eleanor Roosevelt disse a mesma coisa deste modo: "Até certo ponto, é bom que saibamos que existem pessoas no mundo que nos darão amor e lealdade inquestionável até o limite de sua capacidade. Duvido, no entanto, que seja bom para nós nos sentirmos seguros disso, sem a obrigação de justificar, através do nosso comportamento, essa devoção."

As crianças podem mostrar lealdade aos pais, por exemplo, comportando-se com respeito e obediência. Os pais, em troca, fazem tudo o que podem para cuidar de seus filhos e tratar do bem deles.

Maridos e esposas mostram lealdade um ao outro em parte por meio de sua mútua fidelidade. A fidelidade no casamento é uma expressão de amor. É um tipo de lealdade que ajuda a tornar o casamento um relacionamento sagrado.

Amigos mostram lealdade sendo honestos e confiáveis uns para com os outros. A propósito, lealdade a um amigo não significa fazer tudo o que seu amigo pede para você fazer. Significa, sim, fazer o que ajudará seu amigo a se tornar uma pessoa melhor.

Lealdade ao time significa chegar aos treinos no horário e fazer o máximo que pode. E, em troca, você espera que seus colegas de time façam o mesmo.

Lealdade ao país — patriotismo — significa obedecer a suas leis, respeitar seus princípios e até defender esses princípios, se necessário. Os cidadãos devem essa lealdade em troca da proteção de seus direitos e privilégios, bem como das muitas oportunidades que seu país lhes ofereceu.

Quando você faz o juramento à bandeira, literalmente está jurando lealdade não a um pedaço de pano, mas a um símbolo. Para que sua promessa tenha significado, você precisa saber algumas coisas sobre "a República que ela representa". Por exemplo, você precisa saber algo sobre sua Constituição, seu governo, sua história e suas tradições. Caso contrário, você estará simplesmente jurando lealdade cega.

Em todos esses casos, lealdade significa que você está pronto para colocar o outro antes de si mesmo. Em uma época em que as pessoas são instruídas a "fazer o que é bom" ou "fazer o que quiser", a lealdade nos lembra que muitas vezes devemos fazer algo por outra pessoa. Como disse Woodrow Wilson: "Lealdade não significa nada, a menos que ela tenha em seu cerne o princípio absoluto do autossacrifício." Esse autossacrifício é, no final das contas, o que dá um sentido sério aos nossos relacionamentos.

(IB)

UM IRMÃO NECESSITADO

A lealdade começa em casa, como nos lembra este conto vietnamita.

Era uma vez dois irmãos, Gan e Duc, cujo pai morreu de repente, sem deixar testamento. Gan, o irmão mais velho, tomou todas as terras e propriedades para si, exceto uma pequena cabana e um miserável pedaço de terra, que deixou para Duc. O campo de Duc era tão pequeno que mal produzia o suficiente para ele comer e, ano após ano, ele ficava mais pobre e mais magro, apesar de seu trabalho árduo. O campo verde de Gan, entretanto, florescia todos os anos, até que ele se tornou o homem mais rico da província.

Quanto mais rico Gan ficava, mais amigos ele tinha. Eles vinham vê-lo noite e dia, e ele nunca hesitava em servir refeições luxuosas, oferecer seus melhores vinhos e dar dispendiosos sinais de afeto. "Farei qualquer coisa por um amigo necessitado", Gan gostava de dizer.

Ora, Gan tinha uma esposa de bom coração chamada Hanh, que não conseguia entender por que seu marido tratava o próprio irmão com tanta crueldade.

— Você diz que não há nada que não faria por seus amigos — ela apontava —, mas veja o modo como você deixa seu irmão viver.

— Não tenho nada a ver com a maneira como ele vive — retrucou Gan. — Ele pode cuidar de si mesmo, assim como eu. Além disso, meus amigos estão entre as melhores pessoas da província. É justo que eu os trate de acordo com o que eles merecem.

— No entanto, Duc é seu irmão. E tenho certeza de que, se você o tratasse como amigo, encontraria mais devoção nele do que nesses amigos que você trata como irmãos.

Mas essa conversa ocorreu muitas vezes e Gan nunca dava ouvidos.

Uma noite, Gan voltou para casa e encontrou sua esposa em lágrimas.

— O que aconteceu? — ele perguntou.

— Algo horrível — ela soluçou. — Esta tarde, um mendigo bateu à porta e pediu algo para comer. Ele parecia tão fraco e pálido que não consegui dizer não. Então eu disse a ele para entrar enquanto eu pegava alguma coisa na cozinha. Mas assim que cruzou nossa soleira, o pobre homem desmaiou de fome. Ele bateu com a cabeça na mesa e caiu morto no chão. Fiquei tão assustada que enrolei o corpo dele em um cobertor e o arrastei para o jardim.

— Mas não há com o que se preocupar — Gan assegurou a ela. — Você não fez nada errado. Explicaremos a situação ao mandarim. Você só estava tentando ajudar.

— Você está errado — gritou Hanh. — O mandarim nunca gostou de você. Ele tem ciúmes de suas riquezas e popularidade. Ele vai usar essa chance para nos arruinar, se puder.

Com isso, o próprio Gan empalideceu. Lembrou-se de como o mandarim sempre fora severo e frio e de como nunca aceitara os convites de Gan para jantar.

— O que faremos então? — ele perguntou, torcendo as mãos.

— Eu pensei em um plano — Hanh sussurrou. — Ainda nesta noite, você deve enterrar o mendigo no fundo da floresta, onde ninguém o encontrará. Escolha o seu amigo mais dedicado para ajudá-lo e peça-lhe que jure segredo.

Então Gan correu para a casa do homem que mais havia jantado em sua mesa. Seu amigo o cumprimentou com um abraço caloroso e um sorriso ansioso. Mas quando Gan explicou em voz baixa como precisava de ajuda, seu amigo balançou a cabeça e se afastou. Ele sentia muito, adoraria ajudar mais do que tudo, mas suas costas estavam lhe causando problemas e ele não poderia carregar pela floresta o fardo de um homem morto.

Gan correu para a casa de outro amigo, onde mais uma vez foi recebido calorosamente.

— Há quanto tempo! — exclamou o amigo. — Diga-me, como posso ajudá-lo?

— Eu sabia que podia contar com você. — Gan suspirou. — Você sempre foi o melhor dos amigos. Algo horrível aconteceu...

Mas enquanto ele contava sua história, a expressão de seu amigo mudou.

— Gostaria de poder ajudar, Gan, você sabe que sim — lamentou. — Mas o fato é que minha pobre avó está doente esta noite e pode até estar à beira da morte em seu leito. Eu não posso deixá-la. Eu sabia que você entenderia.

E assim foi, de porta em porta, de amigo em amigo. Alguns tinham parentes doentes, alguns também estavam doentes, outros tinham compromissos urgentes. Ninguém foi capaz de ajudar, e Gan voltou para casa sozinho, tremendo de medo e desapontamento.

Sua esposa ouviu o que aconteceu e disse:

— Não há tempo a perder. Você não tem escolha. Você deve pedir ajuda ao seu irmão.

Gan sabia que ela estava certa: não havia mais ninguém agora. Ele correu pela noite e chegou à humilde casa do irmão.

Duc não conseguiu esconder sua surpresa quando abriu a porta. Então ele viu a angústia no rosto de seu irmão.

— O que há de errado? — ele perguntou, sem hesitar. — Você parece meio morto. Você está doente? Hanh está bem?

Em palavras vacilantes, Gan contou por que tinha vindo. Antes que ele terminasse, Duc estava vestindo seu casaco. Os dois irmãos correram de volta para a casa de Gan, pegaram o corpo envolto no jardim e o arrastaram pela floresta. O sol estava nascendo quando eles enterraram o fardo secreto e cambalearam de volta para casa.

Eles ficaram surpresos ao encontrar um dos homens do mandarim esperando por eles.

— Venha comigo — ele ordenou a Gan — junto com sua esposa e irmão.

Eles foram levados para a casa do mandarim e lá encontraram reunidos todos os amigos cuja ajuda Gan havia implorado. Um por um, os informantes avançaram e contaram como se recusaram a participar do crime hediondo dos irmãos.

— Você não apenas é um assassino — disse o mandarim — como você tentou convencer seus amigos a esconder seu crime. Felizmente, seus amigos são homens melhores do que você. Eles são honestos e leais a mim. Eles o seguiram até a floresta e depois vieram relatar seu crime. Então não adianta negar. Nós iremos recuperar o corpo, e então você receberá o que é devido.

A multidão inteira marchou para a floresta e a sepultura cavada às pressas foi descoberta. Houve um suspiro quando o cobertor foi desenrolado e o cadáver de um velho carneiro, não de um mendigo, caiu.

— Qual o significado disso? — perguntou o mandarim.

Gan e Duc ficaram tão confusos quanto os demais. Seus acusadores se entreolharam nervosamente.

Então Hanh deu um passo à frente.

— Isso é obra minha — ela confessou. — Por muito tempo vi meu marido tratar seu irmão como um estranho, enquanto não negava nada a seus amigos. Eu podia ver como aqueles amigos se apegavam a ele apenas por causa da comida e do vinho que podiam ter à sua custa. Eu queria provar a ele que não pode haver lealdade maior que a de um irmão. Então, ontem, quando morreu esse nosso velho carneiro, inventei um plano para abrir os olhos do meu marido. E aqui estamos.

Os acusadores de Gan olharam para seus pés, enquanto o mandarim ficou em silêncio por um momento.

— Você é uma mulher sábia — ele disse, por fim. — Essa lição vale a noite agitada que tivemos.

A partir de então, Gan e Duc viveram como irmãos.

(IB)

AMÉRICA, A BELA

Katharine Lee Bates

A educadora e autora de Massachusetts, Katharine Lee Bates, escreveu "America the Beautiful" em 1893, depois de se inspirar na vista de Pikes Peak, no Colorado. Ela revisou a letra, dando-lhe sua forma definitiva, em 1911. Canta-se sobre a melodia de "Materna", de Samuel A. Ward.

Ó tu, que és bela pelos seus céus espaçosos,
pelas ondas ambarinas dos trigais,
pela majestade dos purpúreos montes
erguidos sobre as planícies férteis!
América! América!
Que Deus te cubra de graças
e coroe tua fraternidade
do mar ao mar resplandecente!

Ó tu, que és bela pelos pés peregrinos
cujos passos severos e apaixonados
rufam da liberdade o tambor
através do deserto!
América! América!
Deus te cure em cada falha
e confirme a tua alma na autonomia,
tua liberdade na lei!

Ó tu, que és bela pelos heróis provados
na luta libertadora,
que mais do que a si mesmos seu país amaram,
e mais que a vida, a compaixão!
América! América!
Que Deus purifique teu ouro,
até que todo sucesso seja nobreza
e todo lucro divino!

Ó tu, que és bela pelo sonho patriota
que vê, além dos anos,
tuas cidades de alabastro brilhando,
sem que lágrimas humanas diminuam seu brilho!
América! América!
Que Deus te cubra de graças
e coroe tua fraternidade
do mar ao mar resplandecente!

(IB)

BARBARA FRIETCHIE

John Greenleaf Whittier

Às vezes, nosso senso de lealdade exige que apresentemos nossa bandeira, até mesmo em meio ao inimigo. John Greenleaf Whittier (1807-1892) escreveu este poema em 1863, durante a Guerra Civil, e afirmou que sua história é verdadeira.

Por cima dos prados carregados de milho,
claras na fria manhã de setembro,
as torres de Frederick, aninhadas,
erguem-se entre as colinas de Maryland.

Ao redor delas veem-se pomares,
macieiras e pessegueiros cheios de frutos,
belos como o jardim do Senhor
aos olhos da faminta horda rebelde.

Numa linda manhã do início do outono,
Lee marchou contra a parede da montanha;
indo em direção às montanhas,
a cavalo e a pé, até a cidade de Frederick.

Quarenta bandeiras de estrelas prateadas,
quarenta bandeiras com suas barras carmesins,
tremulavam no vento da manhã: o sol do meio-dia
olhava para baixo e não via ninguém.

A velha Barbara Frietchie,
com seus 90 anos de idade;
a mais corajosa pessoa na cidade de Frederick,
tomou a bandeira que os homens haviam largado.

Na janela do sótão ela instalou o mastro,
para mostrar que um coração ainda era leal.
Rua acima veio o ataque rebelde,
Com Stonewall Jackson cavalgando à frente.

Sob seu chapéu de abas largas,
ele olhava para a esquerda e para a direita;
a velha bandeira chamou sua atenção.

"Alto!" — as fileiras pararam, firmes.
"Fogo!" — e explodiu o tiro do rifle.
Tremeu a janela, tanto a vidraça quanto o caixilho;
a bandeira ficou coberta de pó.

Rapidamente, do mastro quebrado,
A anciã Barbara arrancou o lenço de seda.
Ela se debruçou no parapeito da janela,
e o sacudiu com grande entusiasmo.

"Atire, se for preciso, nesta velha cabeça grisalha,
mas poupe a bandeira do seu país", disse ela.
Uma sombra de tristeza, um rubor de vergonha
Surgiram no rosto do comandante;

A natureza mais nobre dentro dele ganhou vida
com o ato e as palavras daquela mulher;

"Quem tocar em um fio de cabelo em sua cabeça grisalha
morrerá como um cachorro! Em frente!", ele disse.

Durante todo o dia pela rua Frederick
soou o passo de pés marchando:
Durante todo o dia, aquela bandeira livre
Ficou hasteada sobre as cabeças da hoste rebelde.

Suas dobras rasgadas balançavam
nos ventos leais que a amavam;
e através das lacunas da colina a luz do pôr do sol
brilhou sobre ela com amável saudação.

A missão de Barbara Frietchie foi cumprida,
E o rebelde não cavalga mais em seus ataques.
Honra a ela! E que uma lágrima caia,
por causa dela, no chão sobre Stonewall.

Sobre o túmulo de Barbara Frietchie,
Tremule a bandeira da Liberdade e União!
Que paz, ordem e beleza envolvam
esse símbolo de luz e lei;
E que as estrelas do céu sempre contemplem
suas estrelas aqui embaixo, na cidade de Frederick!

(IB)

CASTOR E PÓLUX

O escritor grego Menandro disse que viver é viver não apenas para si mesmo. A história de Castor e Pólux nos ajuda a entender o significado da palavra fraternidade.

Nas noites de inverno, a constelação de Gêmeos fica bem a pino, e suas duas principais estrelas, Castor e Pólux, são das mais brilhantes no firmamento. São conhecidas como as estrelas gêmeas, mas os velhos mitos do tempo dos heróis gregos dizem que Castor e Pólux eram na verdade meios-irmãos. Leda era a mãe dos dois, sendo Castor filho de Tíndaro, rei de Esparta, e Pólux filho de Zeus, rei dos deuses. Assim sendo, a vida de Castor era delimitada, enquanto Pólux era imortal.

Segundo todos os relatos, os irmãos nunca se separavam, de tão devotados que eram um ao outro, e participaram de muitas aventuras juntos. Fizeram-se ao mar com Jasão e os Argonautas na procura do Velocino de Ouro, e resgataram a irmã Helena, quando foi raptada por Teseu, a mesma bela Helena cujo rosto posteriormente "lançou mil navios" e provocou a Guerra de Troia. Participaram também da famosa caçada, na qual muitos dos heróis mais valentes da Grécia se juntaram para livrar a terra de um monstruoso javali.

A lenda mais famosa de Castor e Pólux trata de como findaram suas vidas aqui na terra. O poeta grego Píndaro conta que Castor foi ferido numa batalha. O irmão correu para junto dele, mas encontrou-o à morte, com o peito arfando, prestes a dar o último suspiro. Pólux fez tudo que pôde, mas já não havia esperança.

— Ó Zeus, meu pai! — gritou Pólux. — Toma minha vida, em lugar da do meu irmão. Se não for possível, deixe-me morrer também. Sem ele, viverei consternado o resto dos meus dias.

Mal terminou de falar, Zeus aproximou-se e disse:

— Você é meu filho, Pólux, e por isso tem vida eterna. Seu irmão nasceu de semente mortal e está fadado, como todos os mortais, a experimentar a morte. Mas vou lhe conceder uma opção. Poderá vir para o Olimpo, conforme é seu direito, e viver com Atena e Ares e os outros deuses. Ou, se quiser compartilhar a imortalidade com seu irmão, então passará metade do tempo sob a terra e a outra metade no lar dourado do firmamento.

Pólux não hesitou um instante sequer e desistiu da vida no Olimpo, escolhendo compartilhar da luz e das trevas com o irmão. Zeus, então, tornou a abrir os olhos de Castor e devolveu-lhe o alento. E podemos ver os dois até hoje, como a constelação de Gêmeos. Passam metade do tempo junto às estrelas do firmamento e a outra metade semi-imersos na escuridão sob a linha do horizonte.

(RS)

AFEIÇÃO MINGUANTE

Este conto chinês nos lembra que nossa fidelidade não deve mudar porque a aparência física de outra pessoa muda. Nos votos de casamento, o que muitas pessoas dizem é "até que a morte nos separe", não "até que a idade nos separe".

Antigamente havia um rei que gostava de manter sua corte cheia de damas de todo o país. Sua favorita era uma linda jovem donzela chamada Hua.

— Ah, Hua — ele costumava dizer —, você é a criatura mais maravilhosa sob o céu azul. Algum dia você será minha rainha.

Esse rei mantinha uma lei severa: qualquer um que cavalgasse seu cavalo sem sua permissão seria punido com a morte. Um dia, quando Hua soube que sua mãe caíra inesperadamente enferma, ela montou no cavalo e foi até o leito da velha.

— Que devoção! — o rei suspirou. — E pensar que ela arriscou a própria vida para cuidar da pobre mãe!

Em outra ocasião, Hua e o rei estavam passeando no jardim real. Hua pegou uma ameixa e deu uma mordida; seu sabor era tão esplêndido que ela a entregou ao rei, para que provasse.

"Que lealdade" — pensou. "Ela descobre essa fruta perfeita e prefere dá-la a mim do que comê-la ela mesma!"

Mas eventualmente a beleza de Hua começou a diminuir e, com ela, as afeições do rei.

— Ela não pegou meu cavalo uma vez, mesmo sabendo que isso era um crime? — ele lembrou. — E outra vez ela me deu os restos de uma ameixa, depois de mastigá-la!

Ele, então, decidiu escolher uma mulher mais jovem como sua rainha.

(IB)

COMO A RAINHA ESTER SALVOU SEU POVO

Recontada por Walter Russell Bowie

Relata-se que os eventos do livro de Ester na Bíblia ocorreram durante o reinado do rei persa Assuero, que os estudiosos bíblicos geralmente identificam com Xerxes (c. 519-465 a.C.). Ester e seu parente Mardoqueu eram membros da população judaica que permaneceu no Oriente depois que muitos outros judeus retornaram a Jerusalém do exílio na Babilônia. A história é a de uma jovem rainha que deve enfrentar o perigo sozinha para salvar seu povo.

A história do livro de Ester começa com um dos reis da Pérsia, chamado Assuero. Segundo a história, Assuero decidiu, um dia, dar uma grande festa no jardim de seu palácio. Ele convidou todos os principais homens do reino. O pátio do jardim era um lugar bonito entre as paredes do palácio, com pilares de mármore e um pavimento de mármore vermelho, azul, branco e preto. Havia cortinas brancas, verdes e azuis, presas a argolas de prata. As taças em que o vinho era servido eram de ouro.

A festa durou sete dias. A essa altura, todos, inclusive o rei, haviam comido e bebido demais. A rainha, cujo nome era Vasti, era muito bonita. De repente, o rei teve a ideia de exibi-la aos seus convidados. Ela estava em seus aposentos com suas criadas. O rei enviou sete de seus servos para dizer à rainha que viesse à festa.

Vasti ficou envergonhada e indignada com o fato de o rei ter lhe enviado tal mensagem. Ela não tinha nenhuma intenção de aparecer diante de uma grande companhia de homens meio bêbados. E mandou os servos responderem ao rei que não iria.

Quando o rei ouviu isso, ficou furioso. Ele havia se gabado da beleza da rainha; agora ele pareceria tolo aos olhos de seus convidados. Ele perguntou a alguns deles o que eles achavam que ele deveria fazer. Esses homens não tinham muito respeito pelas mulheres. Eles começaram a pensar que, se suas mulheres soubessem que a rainha havia desobedecido ao rei, elas desobedeceriam a eles, seus maridos. Os homens disseram ao rei que ele deveria se livrar de Vasti e encontrar uma nova rainha.

Foi exatamente isso que Assuero decidiu fazer: ele mandou Vasti embora. Então veio a questão de escolher uma nova rainha. Os servos do rei procuraram por todo o reino e trouxeram ao palácio as donzelas mais bonitas que puderam encontrar. Entre elas estava uma donzela de uma família judia, cujo nome era Ester. Ela era jovem, inocente e adorável, e nunca teria sonhado que poderia se tornar rainha da Pérsia. Quando viu Ester, o rei a preferiu a todas as outras e fez dela sua esposa. Mas ele não sabia que ela vinha de uma família de judeus.

Ora, Ester tinha um primo chamado Mardoqueu. Esse primo, que era mais velho que Ester, a havia criado como uma filha, porque o pai dela morrera. Ester confiava totalmente nele, e tudo o que ele a aconselhava a fazer, ela fazia. Mardoqueu disse a ela para não contar ao rei que era judia.

Mardoqueu vinha frequentemente ao palácio para falar com Ester. Muitas vezes ele se sentava no portão onde as pessoas entravam e saíam e onde ficavam conversando. Um dia ele viu dois homens que estavam claramente muito zangados. Eles conversavam animadamente, e Mardoqueu ouviu o que diziam: eles estavam conspirando para matar o rei.

Mardoqueu enviou a Ester uma mensagem sobre isso, e Ester avisou o rei. O rei mandou prender os dois homens e os condenou à morte. Com seu aviso, Mardoqueu salvou a vida do rei. O rei deveria ter ficado muito grato, mas estava mais interessado em si mesmo do que em qualquer outra pessoa. Embora lhe tivessem dito que fora Mardoqueu quem trouxera o aviso, o rei logo o esqueceu.

Enquanto isso, havia outro homem que estava se tornando o favorito do rei. Seu nome era Hamã. Os servos do rei tinham de se curvar a Hamã sempre que este passava. Mas Mardoqueu não se curvava a Hamã nem dava qualquer sinal de que o notara. Todos os dias Mardoqueu era avisado de que teria problemas se não fizesse como os servos do rei, mas Mardoqueu não dava atenção. Depois de algum tempo, alguém perguntou a Hamã se ele havia notado que Mardoqueu, o judeu, nunca se curvava a ele quando ele passava. Só a pergunta deixou Hamã com raiva, pois ele era orgulhoso e ciumento. Saber que alguém ousara não lhe mostrar respeito era inaceitável para ele. Ele começou a considerar qual seria a pior coisa que poderia fazer a Mardoqueu. Pensou nisso por algum tempo e finalmente decidiu que havia algo pior do que fazer com que Mardoqueu sozinho fosse punido. Como Mardoqueu era judeu, Hamã faria todo o povo judeu sofrer.

Então, um dia Hamã foi até o rei e derramou em seus ouvidos todas as histórias horríveis que ele conseguiu pensar sobre os judeus. Ele lembrou a Assuero que os judeus estavam espalhados por todo o reino. Ele disse que eles eram muitos e perigosos para o reino. O rei se lembrava de que os judeus eram diferentes do povo da Pérsia e tinham leis diferentes? Ele sugeriu se livrar desses judeus que poderiam se tornar inimigos da Pérsia. E Hamã disse que colocaria no tesouro real dez mil talentos de prata, uma grande quantia em dinheiro, se o rei assinasse uma ordem de que todos os judeus deveriam ser exterminados.

Assuero não só tinha um temperamento explosivo, mas também era um imbecil. E acreditou em tudo o que Hamã lhe disse. Ficou furioso com os judeus e disse a Hamã para matá-los.

Hamã ouviu isso com prazer perverso. E não perdeu tempo em garantir que o que planejara aconteceria. Ele enviou ordens, em nome do rei e com o selo do rei, aos governadores de todas as partes do reino. Essas ordens determinavam que, em um certo dia, todo judeu — homem, mulher e criança — deveria ser executado. Então Hamã foi beber vinho com o rei e se alegrar.

Na cidade, as pessoas que começaram a ouvir a notícia ficaram chocadas e preocupadas. Em pouco tempo, a informação chegou a

Mardoqueu. Ele se vestiu com um pano de saco grosso e derramou cinzas sobre a cabeça em sinal de angústia. Então foi até o portão do palácio para chorar e lamentar.

Uma das empregadas do palácio contou a Ester sobre isso. Ester ficou muito preocupada. Ela enviou mensageiros a Mardoqueu, para implorar que ele tirasse o pano de saco e a fizesse saber, rapidamente, o que havia de errado. Mardoqueu contou ao mensageiro a terrível verdade: todos os judeus do reino corriam perigo de morte. Só ela poderia salvá-los, indo ao rei e implorando-lhe que mudasse a ordem.

Ester estava enfrentando mais do que uma mulher poderia suportar. Ela era a rainha, mas conhecia muito bem as leis cruéis da corte persa. Sabia que ninguém, muito menos uma mulher, poderia ousar contrariar o rei. Ester enviou o mensageiro de volta a Mardoqueu. Ele não sabia que se alguém fosse ao rei, sem ser convidado, poderia ser morto? Isso certamente aconteceria, a menos que o rei estivesse de bom humor e estendesse seu cetro de ouro como sinal de permissão para se aproximar. Ester não tinha motivos para pensar que o rei a trataria com tanta gentileza. Fazia muitos dias desde que ele a chamara e desde que o tinha visto.

Mardoqueu mandou dizer que havia apenas uma esperança para os judeus na Pérsia; apenas uma pessoa poderia fazer alguma coisa, e essa pessoa era Ester. Ela não devia pensar, acrescentou Mardoqueu, que se a ordem do rei para matar os judeus fosse cumprida, ela escaparia. Seria descoberto que ela também era judia e seria tratada como os demais. Mas ela, sozinha, talvez fosse capaz de fazer o que todos os outros juntos não poderiam. Talvez essa fosse sua chance de mostrar um tipo de coragem que poucos ousariam mostrar. "Quem sabe", disse Mardoqueu, "você não tenha vindo ao reino para um momento como este?"

Quando Ester recebeu a mensagem de Mardoqueu, todo o seu coração se inflamou corajosamente. Tanta coisa dependia dela que não lhe restava mais a possibilidade de ser tímida. Ela mandou a Mardoqueu um recado, dizendo que ele devia reunir os judeus para jejuar e orar. Ela e suas criadas fariam o mesmo no palácio. Então ela iria até o rei e tentaria persuadi-lo. "E se eu morrer," ela disse, "morro com meu povo".

Chegou o momento em que ela deveria assumir o grande e último risco. Assuero, em toda a sua pompa e poder, estava sentado em seu trono real. Ester vestiu-se com suas vestes mais nobres. Ela foi até a porta da sala do trono. A porta foi aberta e ela ficou ali, linda e silenciosa, esperando, olhando para o rei. Se ele estivesse irado, seria o fim.

Mas o rei estendeu o cetro de ouro para ela.

— Rainha Ester! — ele disse. — O que queres? Qual é o teu pedido? Será dado a ti, mesmo que seja metade do reino!

Então o rei não estava irado! Ele gostava dela e talvez a ouvisse mais do que ouvira o perverso Hamã. Mas ela não lhe diria seu verdadeiro desejo naquele momento. Em vez disso, ela falou:

— Se bem parecer a vossa majestade, meu rei e Hamã viriam ao banquete que preparei para hoje?

O rei disse que iria, e que Hamã deveria ir também.

Quando estavam sentados à mesa, o rei disse novamente a Ester que lhe daria qualquer coisa que ela quisesse, não importava o que fosse. Mas ela implorou a ele para deixá-la não dizer o que queria. Ele esperaria até amanhã? E ele e Hamã iriam a um novo banquete no dia seguinte? Sim, disse o rei, eles viriam.

Hamã foi embora orgulhoso e satisfeito. Ele havia sido convidado para um banquete a sós com o rei e a rainha, e saíra de lá convidado para um segundo banquete amanhã! Mas quando saiu do palácio, lá estava Mardoqueu sentado no portão. Mardoqueu não se levantou nem se curvou, nem mesmo o notou. Isso estragou tudo. Hamã fechou os lábios e passou por Mardoqueu sem dizer uma palavra. Quando chegou em casa, reuniu sua mulher e alguns de seus amigos e começou a reclamar. Contou-lhes todas as honras que o rei lhe dera, e que qualquer um podia ver quão grande homem ele era, mas que aquele Mardoqueu ainda o desprezava.

A esposa e os amigos de Hamã eram tão insuportáveis quanto ele mesmo. Por que ele não foi imediatamente pedir permissão ao rei para enforcar Mardoqueu? "Peça ao rei que faça uma forca de trinta metros de altura", disseram eles. Isso pareceu a Hamã uma boa ideia. Sem perguntar ao rei, ele mandou construir a forca para enforcar Mardoqueu.

Então as coisas começaram a acontecer de uma forma que Hamã não esperava. Naquela noite, o rei não conseguiu dormir. Ele rolava no leito impacientemente. Por fim, decidiu que queria ler um pouco, então disse a um de seus servos que lhe trouxesse um livro. O livro que o servo trouxe calhou de ser uma história dos acontecimentos da corte do rei durante os últimos anos. O rei ordenou que o livro fosse lido em voz alta para ele. Ainda acordado, ele ouviu sobre os dois homens que haviam planejado matá-lo, e como Mardoqueu os havia descoberto e denunciado.

De repente, o rei lembrou que nunca havia recompensado Mardoqueu por isso. Incomodava-o pensar que se esquecera daquele episódio por tanto tempo. Ele perguntou a seus servos:

— E quanto a esse Mardoqueu? O que foi feito por ele?

Eles lhe responderam:

— Nada.

— Quem está presente na corte agora? — perguntou o rei.

Naquele exato momento Hamã tinha ido ao palácio para informar ao rei sobre a forca que ele havia construído para Mardoqueu. Os servos disseram ao rei que Hamã estava no átrio.

— Que entre! — disse o rei.

Então Hamã entrou. A mente do rei estava cheia do que ele tinha ouvido.

— Hamã — perguntou ele —, o que se deve fazer a um homem a quem o rei deseja muito honrar?

"É a mim que ele se refere!", pensou Hamã. E tentou não parecer muito animado.

— O que se deve fazer a um homem a quem o rei deseja muito honrar? — Hamã repetiu. — Sejam-lhe trazidas vestes reais, como as que o rei usa, e o cavalo do rei também, e a própria coroa do rei. Que tudo seja colocado sob o comando de um dos mais nobres dos príncipes. Que esse príncipe vista com as vestes reais o homem que o rei escolheu para honrar. Então o príncipe conduzirá esse homem, a cavalo, pela cidade e proclamará ao povo que aquele é o homem a quem o rei deseja honrar.

— Ótimo! — disse o rei. — Agora se apresse e faça exatamente como você disse. Pegue uma das minhas vestes reais e mande trazer o cavalo do rei. Encontre Mardoqueu, o judeu, e conduza-o pela cidade.

Se o rei tivesse batido com um martelo bem na cabeça de Hamã, este não poderia ter ficado mais atordoado. Mas não havia como escapar do que o rei havia ordenado, e Hamã não ousou nem mesmo parecer surpreso. Em uma fúria negra e amarga, ele teve de sair e dar a Mardoqueu as honras que ele imaginara serem destinadas a ele. Ele segurava as rédeas do cavalo do rei, com Mardoqueu montado nele, vestido com um manto real. E ele teve de gritar para as pessoas que lotavam as ruas: "Este é o homem a quem o rei se deleita em honrar!"

Mas isso não era tudo. O banquete com o rei e a rainha ainda estava por vir.

Quando os três estavam sentados juntos, Assuero perguntou novamente a Ester o que ela queria que ele fizesse por ela. Desta vez, ela respondeu sem rodeios: lembrou-o da ordem emitida em seu nome de que todos os judeus do reino deveriam ser mortos. Então ela disse ao rei que ela mesma pertencia ao povo judeu. Ela implorou que ele retirasse aquela ordem terrível e os poupasse. "Se eu encontrei graça aos teus olhos", disse ela, "concede-me esta petição!"

Quando o rei olhou para Ester, tão amável e tão aflita, ficou furioso ao pensar que havia sido enganado por alguém, que ele mal lembrava quem tinha sido, para dar aquela ordem.

— Quem fez isso? — ele exigiu saber. — Onde ele está?

Então a rainha Ester olhou diretamente para Hamã.

— Foi esse perverso Hamã — disse ela.

O rei ficou tão cheio de raiva que se levantou e saiu para o jardim. Hamã ficou apavorado e caiu no sofá onde a rainha estava sentada. O rei entrou novamente naquele momento e pensou que Hamã estava tentando ferir a rainha.

— O quê?! — ele exclamou. — Ousa atacar a rainha aqui no meu próprio palácio? — Ele chamou seus servos e eles levaram Hamã para fora.

Um dos oficiais do rei veio e perguntou ao rei se ele sabia que Hamã havia construído uma forca perto de sua própria casa, uma forca de quase trinta metros de altura. Não, o rei não estava sabendo, mas agora que sabia, sabia também o que deveria ser feito ali.

— Peguem Hamã e enforquem-no — ordenou ele.

Assim, o próprio Hamã foi enforcado, na mesma forca que ele havia projetado para Mardoqueu.

Essa é a história do livro de Ester. E desde aquele dia o povo judeu, que havia sofrido muito, tem se alegrado ao lembrar o leal Mardoqueu e a jovem rainha que, sozinha, cumpriu um dever perigoso.

(IB)

LEALDADE A UM IRMÃO

Walter MacPeek

Lealdades familiares envolvem certas obrigações. São deveres que desempenhamos por amor, como nos lembra esta simples história de um antigo livro de escoteiros.

Na guerra, dois irmãos lutavam na mesma companhia, na França. Quando um deles foi atingido por uma bala alemã, o outro pediu ao seu comandante permissão para ir buscar o irmão.

— Ele provavelmente está morto — disse o oficial — e não adianta você arriscar sua vida para trazer o corpo dele.

Mas, depois de o soldado insistir, o oficial consentiu. Assim que o soldado chegou de volta às trincheiras, com o irmão nos ombros, o ferido morreu.

— Aí está! — disse o oficial. — Você arriscou sua vida por nada.

— Não — respondeu Tom. — Fiz o que ele esperava de mim e recebi a minha recompensa. Quando me arrastei até ele e o peguei em meus braços, ele disse: "Tom, eu sabia que você viria; eu simplesmente senti que você viria."

A essência de tudo está aí: há alguém que espera algo bom, nobre e altruísta de nós; há alguém que conta com que sejamos fiéis.

(IB)

NATHAN HALE

Da Revista American Heritage

Os americanos buscam na Guerra de Independência os dois nomes que marcam os extremos do espectro do patriotismo. De um lado, encontramos Benedict Arnold, talvez o nome mais desprezado da história do país. Na outra ponta está Nathan Hale.

Desde a execução de Nathan Hale pelas mãos dos britânicos, na manhã de 22 de setembro de 1776, a morte dele foi reconhecida como um dos grandes momentos do patriotismo americano. Há alguns anos, o falecido George Dudley Seymour reuniu todas as descrições contemporâneas da carreira do jovem herói que pôde encontrar e as imprimiu à própria custa, sob o título *Documentary Life of Nathan Hale* [Registros documentais da vida de Nathan Hale]. Na seleta abaixo, podemos ler em primeira mão, nas palavras de seus amigos e inimigos, uma história que inspirou gerações de compatriotas de Hale.

Após sua graduação em Yale em 1773, Hale, então com 18 anos, lecionou por um tempo em sua terra natal, Connecticut. Então, em 1º de julho de 1775 — dois meses depois de Lexington e Concord —, foi nomeado tenente do Exército Continental e fechou sua escola de uma sala em New London, um prédio ainda orgulhosamente preservado pela cidade. Nós o vemos primeiro nas reminiscências de um camarada de armas, o tenente Elisha Bostwick:

Ainda consigo, pela imaginação, vê-lo e ouvir sua voz — ele era, devo dizer, um pouco mais alto que o comum, seus ombros de largura moderada, seus membros estreitos e muito rechonchudos: feições regulares; pele muito clara, olhos azuis; cabelos louros ou muito claros e mantidos sempre curtos; sobrancelhas um pouco mais escuras que o cabelo e voz bastante aguda ou penetrante; sua agilidade corporal era notável. Eu o vi conduzir e chutar uma bola de futebol por cima das árvores no Bowery em Nova York (um exercício do qual ele gostava). Seus poderes mentais pareciam acima do comum; sua mente era de um tipo sereno e sóbrio, e ele era, sem dúvidas, piedoso, pois foi observado que, quando algum dos soldados de sua companhia estava enfermo, ele sempre os visitava e geralmente orava por eles e com eles em suas doenças.

No início do outono de 1776, depois de ser desastrosamente derrotado em Long Island, Washington precisava conhecer as disposições e as intenções das forças britânicas. Hale e os outros oficiais do regimento escolhido, conhecido como Knowlton's Rangers, foram convidados a se voluntariar para uma missão de inteligência atrás das linhas inimigas. No primeiro chamado, ninguém respondeu; no segundo, Nathan Hale deu um passo à frente, sozinho. Um pouco mais tarde, ele contou a seu amigo capitão (depois general) William Hull o que havia feito:

[Hale] pediu minha opinião sincera [diz a memória de Hull]. Eu respondi que era uma ação que envolvia sérias consequências e que não se sabia se era ou não boa ideia... Estratagemas são usados na guerra; há retiradas e manobras evasivas, executadas sem disfarce... e, consideradas sob o ponto de vista militar, lícitas e vantajosas... Mas quem respeita o caráter de um espião, que assume a aparência da amizade, mas para

trair? Terminei dizendo que, se ele realizasse o empreendimento, sua curta e brilhante carreira terminaria com uma morte ignominiosa.

Ele respondeu: "Estou totalmente ciente das consequências de ser descoberto e capturado em tal situação... E, no entanto... Desejo ser útil, e todo tipo de serviço, necessário ao bem público, torna-se honroso pelo fato de ser necessário. Se as necessidades de meu país exigem um serviço peculiar, o convite para realizar esse serviço é imperioso.

O sargento Stephen Hempstead, de New London, o acompanhou ao partir de Norwalk, Connecticut, para sua missão:

O capitão Hale levava uma ordem geral, para todos os navios armados, de conduzi-lo a qualquer lugar que ele mandasse: ele devia chegar ao outro lado da Baía... em Huntington (Long Island) ... O capitão Hale havia trocado seu uniforme por um simples terno civil marrom, com um chapéu redondo de abas largas, assumindo o papel de um mestre-escola holandês, deixando todas as suas outras roupas, documentos, papéis públicos e privados comigo, bem como seu sapato de fivelas prateadas, dizendo que não combinavam com seu papel de mestre-escola; levava consigo nada além de seu diploma universitário, como uma comprovação à vocação que assumia. Assim equipados, nos separamos.

O ajudante de Hale, Asher Wright, que ficou para trás, contou o que aconteceu a seguir:

Ele passou por todos os guardas em Long Island, chegou a Nova York em uma balsa e passou por todos os guardas, menos o último. Eles o detiveram, revistaram e encontraram desenhos das atividades, com descrições em latim, sob a sola interna dos sapatos que ele usava. Alguns dizem que seu primo Samuel Hale, um tóri, o traiu. Não sei; mas acho que sim.

"Traído" provavelmente seja forte demais; "identificado" está mais próximo da verdade. Uma carta que sobreviveu a Samuel, um aluno de Harvard (1766), parece negar qualquer delito, ou pelo menos qualquer culpa, já que a história foi divulgada em um jornal de Newburyport; mas ele, depois disso, fugiu para a Inglaterra e nunca mais voltou para a América, mesmo depois da guerra, nem para buscar sua esposa e filho.

No dia seguinte, um bondoso oficial britânico, o capitão John Montresor, aproximou-se das linhas americanas sob uma bandeira de trégua para relatar o inevitável desenlace. O capitão Hull registrou as palavras de Montresor:

> *Hale declarou imediatamente seu nome, sua posição no exército americano e seu objetivo ao penetrar nas linhas britânicas. Sir William Howe, sem simulação de julgamento, ordenou sua execução na manhã seguinte. Ele foi colocado sob custódia do comandante, que era... insensível ao sofrimento humano e a todo sentimento que suavizasse o coração. O capitão Hale, sozinho, sem simpatia ou apoio, exceto o de cima, na proximidade da morte, pediu que algum clérigo viesse vê-lo. Isso lhe foi recusado. Ele então pediu uma Bíblia; isso também foi recusado por seu desumano carcereiro.*
>
> *Na manhã de sua execução... meu posto era próximo ao local fatal e solicitei ao comandante que permitisse que o prisioneiro se sentasse em minha marquise, enquanto ele fazia os preparativos necessários. O capitão Hale entrou: ele estava calmo e se comportava com dignidade superior, na consciência de retidão e altas intenções. Ele pediu material para escrever, que eu lhe forneci: ele escreveu duas cartas... Logo depois, foi chamado para a forca. Apenas algumas pessoas estavam ao seu redor, mas suas famosas últimas palavras foram registradas. Ele disse: "Nada lamento, exceto o fato de ter apenas uma vida a perder pelo meu país."*

Um breve trecho de uma carta escrita na primavera seguinte em Coventry, Connecticut, por Richard Hale, pai de Nathan, que ao todo teve seis filhos na Revolução, revela a profunda dor desse homem pouco letrado:

> *Você desejava que eu o informasse sobre meu filho Nathan... Pelo que soubemos, ele foi executado por volta de 22 de setembro passado. Eu gostava muito desse meu filho, mas ele se foi...*

Essa carta, endereçada ao irmão de Richard Hale, major Samuel Hale, em Portsmouth, New Hampshire, em 28 de março de 1777, foi guardada em uma gaveta secreta da mesa do major. Em 1908, a velha escrivaninha foi vendida em leilão como antiguidade e, três anos depois, o novo proprietário, o honorável Frank L. Howe de Barrington, New Hampshire, a encontrou por acaso. Essa é a emoção dos achados históricos.

(IB)

APENAS UM PAI

Edgar Guest

Não devemos esquecer de cantar louvores aos pais dedicados — especialmente aos nossos. Este poema de Edgar Guest pode nos ajudar a lembrar que a única recompensa que um pai dedicado busca é o florescimento de sua família.

Apenas um pai com a face cansada,
voltando para casa da luta diária,
trazendo ouro ou fama mirrada
que provem como ele é bom em sua área;
feliz, no entanto, ao notar que nós
gostamos de vê-lo e de ouvir a sua voz.

Apenas um pai dos seus quatro filhos,
um dos dez milhões de homens ou mais

que fazem sua parte, dia a dia, nos trilhos
de escárnio e desprezo dos dias atuais;
sem nunca de raiva ou de dor reclamar,
pelo bem dos que, em casa, o esperam chegar.

Apenas um pai, nem rico nem orgulhoso,
um homem comum entre os homens comuns,
dia após dia, sempre laborioso,
enfrentando os problemas, um por um.
Quieto ao ouvir a censura dos duros:
Por ter, aos seus, um amor tão puro.

Apenas um pai que dá tudo de si
para que os pequenos tenham chance maior,
querendo o que o pai dele fez repetir,
com seriedade, coragem e amor.
O verso só para ele será este aqui:
Apenas um pai, mas dos homens o melhor.

(IB)

O VÉU DE PENÉLOPE

Adaptado de James Baldwin

A longa espera de Penélope pelo retorno do marido da Guerra de Troia talvez seja o conto supremo da fidelidade. A paciência, a criatividade, a constância e o amor da rainha de Ítaca fazem dela uma das personagens memoráveis da mitologia grega. A história é tirada da Odisseia, *de Homero, e Odisseu é tratado por seu nome latino, Ulisses.*

De todos os heróis que lutaram contra Troia, o mais sábio e astuto era Ulisses, rei de Ítaca. Contudo, foi para a guerra contrariado. Desejava ficar em casa, junto à esposa, Penélope, e ao filho, Telêmaco. Mas a princesa da Grécia solicitou sua ajuda, e ele acabou consentindo. Penélope lhe disse:

— Vá, Ulisses, que eu manterei a casa e o reino em segurança até seu retorno.

O pai idoso, Laerte, também falou:

— Cumpra com seu dever, Ulisses, e que a sábia Atena antecipe seu regresso.

E assim, despedindo-se de Ítaca e de tudo o que mais estimava, partiu com seus navios para a Guerra de Troia.

Dez longos anos se passaram, e enfim chegaram notícias de que o desgastante cerco a Troia terminara, a cidade jazia em cinzas e os reis gregos estavam regressando para seus domínios. Um a um, os heróis foram voltando para casa; mas não chegavam notícias de Ulisses e seus companheiros. Todos os dias, Penélope, o jovem Telêmaco e o envelhecido Laerte postavam-se no cais, esforçando-se para enxergar além das ondas. Mas não havia sinal onde se vislumbrasse a ponta de uma vela no ar ou o brilho de remos espadanando água. Os meses se passaram, e logo os anos, e nenhum sinal.

— Seus navios naufragaram e ele jaz no fundo do mar — lamentou o velho Laerte, não mais tornando ao cais e permanecendo, dali por diante, recluso em seus pequenos aposentos.

Mas Penélope mantinha as esperanças, sempre:

— Não está morto. E, até ele voltar, resguardarei seu belo reino.

Todos os dias, reservavam-lhe o lugar na mesa. Seu manto era colocado junto à poltrona, seus aposentos eram conservados sempre limpos e seu grande arco que pendia do teto do grande salão era polido frequentemente.

E assim se passaram mais dez anos de vigília ininterrupta. Telêmaco já era um rapaz alto e bem-educado. E, em toda a Grécia, só se falava da grande nobreza e beleza de Penélope.

— Mas que besteira! — diziam os príncipes e fidalgos gregos. — Ficar na espera eterna de Ulisses! Todos sabem que ele está morto. Ela deveria se casar com um de nós.

Então, um a um, os fidalgos e príncipes da Grécia que estavam à procura de uma esposa partiram para Ítaca, na esperança de conquistar o amor de Penélope. Eram todos sujeitos arrogantes e insolentes, deleitados com a própria importância e riqueza. Iam direto para o palácio, sem serem convidados, pois sabiam que seriam tratados como hóspedes honrados, fossem bem-vindos ou não.

E resolveram dizer à rainha o seguinte:

— Ora, Penélope! Todos sabemos que Ulisses está morto. Estamos aqui como pretendentes à sua mão; não recuse nossas propostas. Escolha um de nós e os outros irão embora.

Mas Penélope respondeu, entristecida:

— Príncipes e heróis, não pode ser assim. Tenho certeza de que Ulisses está vivo e devo preservar o reino até que regresse.

— Retornar, isso ele não vai fazer! Escolha logo, Penélope.

Mas ela implorou:

— Permitam-me esperar mais um mês. Tenho em meu tear um véu de linho ainda inacabado. Vou usá-lo como mortalha para nosso velho pai, Laerte, que está muito idoso e já não sobreviverá muito tempo. Se Ulisses não chegar até que o véu esteja pronto, escolherei alguém, embora contra minha vontade.

Os pretendentes concordaram e se instalaram confortavelmente. Aproveitaram o melhor que puderam. Perdulários, banqueteavam-se lautamente no suntuoso salão de refeições e beberam todos os vinhos da adega real. Foram hóspedes grosseiros e espalhafatosos, ocupando os outrora tranquilos aposentos do palácio, um insulto ao povo de Ítaca.

Todos os dias, Penélope sentava-se ao tear e adiantava a confecção do véu.

— Olhem só como aumentou! — dizia ela ao entardecer.

Mas durante a noite, quando todos os pretendentes estavam dormindo, desfazia o trançado dos fios tecidos durante o dia. E assim, embora se mantivesse constantemente ocupada, nunca concluía o trabalho.

Entretanto, as semanas foram passando, e os pretendentes começaram a se irritar com a demora. E, impacientemente, perguntaram:

— Quando estará terminado esse véu?

E Penélope respondeu:

— Tenho me dedicado a ele diariamente, mas o progresso é muito lento. Um trabalho delicado assim não pode ser concluído às pressas.

Mas um dos pretendentes, de nome Agelau, não se deu por satisfeito. Naquela noite, esgueirou-se silenciosamente pelo palácio e foi espiar a sala do tear. E viu Penélope ocupadíssima em desbaratar as tramas do tecido à luz de uma lamparina sussurrando o nome de Ulisses.

Na manhã seguinte, o segredo foi espalhado para todos os hóspedes indesejáveis, que disseram à rainha:

— Ora essa! Vossa Majestade tem agido com muita astúcia, mas nós descobrimos seu segredo. O véu deverá ser concluído antes do próximo nascer do sol e amanhã a escolha será feita. Não vamos esperar mais.

No dia seguinte, ao entardecer, os indesejáveis hóspedes se reuniram no grande salão. O banquete foi servido, com muita comida, bebida, cantoria e festa. Fizeram tanto estardalhaço que o madeirame do palácio chegou a estremecer.

Quando a balbúrdia atingiu o apogeu, Telêmaco adentrou o salão, acompanhado de Eumeu, o criado mais antigo e fiel de Ulisses. Juntos, eles começaram a retirar os escudos e espadas que estavam pendurados nas paredes e balançavam com todo aquele alvoroço.

— O que estão fazendo com essas armas? — perguntaram os pretendentes, quando finalmente perceberam a presença do rapaz e do velho.

E este lhes respondeu:

— Estão se estragando com a poeira e a fumaça; estarão melhor na sala do tesouro.

E Telêmaco acrescentou:

— Mas deixaremos o velho arco de meu pai pendurado no teto do salão. Minha mãe o mantém limpo e polido diariamente, e sentiria muita falta se o retirássemos também.

— Ela não vai ter muito tempo mais para cuidar dele — riram-se os pretendentes. — Antes do fim do dia, Ítaca terá um novo rei.

Naquele momento, um mendigo desconhecido entrou nos jardins do palácio. Tinha os pés descalços, a cabeça desprotegida e as roupas esfarrapadas. Aproximou-se da porta da cozinha, onde se encontrava deitado perto do fogo um velho galgo, Argos. Vinte anos antes, era o preferido de Ulisses, e seu cão de caça mais fiel. Mas agora, tendo perdido os dentes e estando quase cego, era apenas vítima dos maus-tratos dos pretendentes de Penélope.

Ao perceber o mendigo atravessando os jardins vagarosamente, o cão levantou a cabeça para ver melhor, e logo despertou em seus velhos olhos uma vivacidade estranha. Abanou a cauda brandamente e tentou reunir as forças que ainda lhe restavam para se erguer. Olhou com carinho para o mendigo e soltou o longo uivo de alegria com que, em sua juventude, costumava saudar o dono.

O mendigo se abaixou e acariciou o animal.

— Argos, meu velho amigo! — sussurrou-lhe o mendigo.

O cão fez um último esforço para pôr-se de pé e caiu; morto, mas com a alegria estampada nos olhos.

Instantes depois, o mendigo se postava na entrada do grande salão, onde pôde ser visto ao dirigir algumas palavras a Telêmaco e ao fiel Eumeu.

— O que quer aqui, seu velho esfarrapado? — perguntaram-lhe os pretendentes, jogando-lhe pedaços de pão contra a cabeça. — Saia daqui! Vá embora!

Naquele momento, porém, Penélope descia as escadas, imponente e bela, cercada de criados e aias.

— A rainha! A rainha! — gritaram os pretendentes. — Ela veio escolher um de nós.

— Telêmaco, meu filho — disse ela —, quem é esse pobre homem que nossos hóspedes tratam com tanta indelicadeza?

— Minha mãe, trata-se de um mendigo errante que as ondas do mar lançaram em nossas praias na noite de ontem. Diz que tem notícias de meu pai.

— Então, é preciso que me conte o que tem a dizer. Mas, antes disso, deve descansar um pouco.

Diante disso, o mendigo foi conduzido a um assento na outra extremidade do salão, e a rainha mandou que lhe propiciassem alimentos e cuidados.

Uma velha criada, que fora ama-seca de Ulisses quando ele era criança, trouxe uma bacia com água e algumas toalhas. Ajoelhou-se diante do estranho e começou a lavar-lhe os pés. De repente, afastou-se assustada, entornando a bacia em seu alvoroço.

— Ó, senhor! A cicatriz! — murmurou baixinho.

— Minha querida ama — sussurrou-lhe o mendigo —, foi sábia sua discrição. Reconheceu-me pela antiga cicatriz que trago no joelho desde a infância. Guarde bem o segredo, pois estou ganhando tempo, e a hora da vingança não tarda.

Pois o mendigo esfarrapado era mesmo Ulisses, o rei. Só, dentro de um pequeno barco, naquela exata manhã, ele fora jogado contra as praias de sua própria ilha. Identificou-se apenas para Telêmaco e o velho Eumeu, e por ordens suas eles retiraram as armas das paredes do salão.

Enquanto isso, os pretendentes tornaram a se reunir em torno da mesa de banquetes e promoveram uma balbúrdia ainda maior do que a anterior. Gritaram para a rainha:

— Venha, adorável Penélope! Esse mendigo pode contar sua história amanhã. É hora de escolher seu novo marido. Decida logo.

— Fidalgos e príncipes — disse ela com a voz trêmula —, deixemos essa decisão nas mãos dos deuses. Vejam, lá está o arco de Ulisses, que só ele era capaz de vergar. Tentem demonstrar sua força ao vergá-lo, e eu escolherei aquele que demonstrar maior habilidade no arremesso da flecha.

— Muito bem! — gritaram os pretendentes, já formando a fila para o teste.

O primeiro pegou o arco e tentou vergá-lo durante um bom tempo. Acabou perdendo a paciência, jogou o arco no chão e foi-se embora dizendo:

— Só um gigante seria capaz de vergar um arco assim.

Em seguida, os outros pretendentes fizeram suas tentativas, um por vez, mas todas foram em vão.

— Talvez o velho mendigo queira entrar no concurso — disse um deles em tom de escárnio.

Ulisses, vestido em seus andrajos, levantou-se e, com andar hesitante, cruzou o salão. Pegou o arco e pôs-se a examiná-lo, a observar o material bem-polido, suas formas bem-torneadas e as extremidades rígidas como o ferro. E depois disse:

— Tenho a impressão de que, em minha juventude, vi um arco assim.

— Já chega! — gritaram os pretendentes. — Já chega! Vá embora, seu idiota!

De repente, operou-se enorme transformação. Quase sem fazer esforço, o mendigo vergou o arco e arremessou uma flecha. Nesse momento, assumiu sua postura correta, demonstrando que, mesmo vestido de trapos, era um rei da cabeça aos pés.

— Ulisses! Ulisses! — gritou Penélope.

Os pretendentes emudeceram. Entraram imediatamente em pânico tresloucado e tentaram fugir do salão. Mas as flechas de Ulisses foram rápidas e certeiras; nenhuma delas errou o alvo.

— Vingo-me assim daqueles que tentaram destruir meu lar — bradou ele. E os desregrados pretendentes foram sucumbindo, um a um.

No dia seguinte, Ulisses se reuniu no grande salão com Penélope, Telêmaco e todos do castelo, e contou-lhes a história de suas aventuras pelo mar. E Penélope, por sua vez, relatou todos os esforços empreendidos com toda a lealdade para manter o reino, conforme lhe prometera, embora atormentada pelos insolentes e perversos pretendentes. Em seguida, trouxe de seus aposentos um rolo de pano branco e macio, muito delicado e de imensa beleza, e disse:

— É esse o véu, Ulisses. Prometi que, no dia em que estivesse concluído, eu escolheria um marido; e escolho você.

(RS)

A HISTÓRIA DE CINCINATO

Recontada por James Baldwin

Esta história se passa em 458 a.C., quando Roma foi atacada por uma tribo do Lácio, os équos. Ela nos lembra que o cidadão leal não espera grande recompensa por ajudar seu país.

Havia um homem chamado Cincinato que morava numa fazenda próxima à cidade de Roma. Já fora rico e ocupara as patentes mais elevadas no país, mas de uma forma e de outra acabou perdendo toda a riqueza. Era, agora, tão pobre que precisava fazer todo o serviço da fazenda com as próprias mãos. Mas, naquela época, o preparo da terra era considerado um trabalho nobre.

Cincinato era tão inteligente e justo que todos confiavam nele e pediam-lhe conselhos. Sempre que alguém estava em apuros e não sabia o que fazer, os vizinhos diziam:

— Vá ter com Cincinato. Conte-lhe tudo, e ele o ajudará.

Acontece que, nas montanhas perto dali, vivia uma tribo de homens atrozes, semisselvagens, que estavam em guerra contra os romanos. Haviam persuadido outra tribo de guerreiros corajosos a ajudá-los, e juntos marcharam em direção à cidade, saqueando e roubando pelo caminho. Vangloriavam-se de que seriam capazes de derrubar as muralhas de Roma e que iriam atear fogo às casas, matar todos os homens e fazer das mulheres e crianças seus escravos.

A princípio os romanos, que eram um povo orgulhoso, de bravos guerreiros, não viam perigo naquilo. Todos os homens eram soldados, e o melhor exército do mundo partiu para combater os saqueadores. Ninguém ficou em casa a não ser os chamados "Patriarcas" de cabelos brancos, os magistrados que faziam as leis da cidade, e uma pequena companhia de guardas encarregados de proteger as muralhas. Todos achavam que seria fácil forçar os homens das montanhas a voltarem para o seu devido lugar.

Porém, uma certa manhã, chegaram cinco cavaleiros pela estrada que vinha das montanhas. Cavalgavam em grande velocidade e tanto os homens quanto as montarias estavam cobertos de poeira e sangue. O vigia os reconheceu e perguntou-lhes, ao cruzarem os portões:

— Por que chegam desta maneira? O que aconteceu ao exército romano?

Eles não responderam e continuaram cavalgando, percorrendo as ruas tranquilas a toda velocidade. Todos correram no seu encalço, curiosos por saber o que estava se passando. Roma não era muito grande naquela época, e os cavaleiros logo atingiram o mercado central, onde se encontravam os Patriarcas. Só então apearam e contaram a história.

— Ontem mesmo nosso exército atravessava um estreito vale entre duas escarpas. De repente, mil selvagens das montanhas saltaram sobre nós, saindo das reentrâncias das pedras por todos os lados. Bloquearam nosso caminho, e a passagem era tão estreita que não conseguimos lutar. Tentamos retornar, mas eles haviam bloqueado a retaguarda também. Surgiam de todos os cantos e jogavam pedras lá de cima. Fomos pegos numa cilada. Dez de nossos homens meteram as esporas nos cavalos e cinco conseguiram passar pelos inimigos; os outros cinco tombaram, atingidos pelas lanças dos selvagens da montanha. E agora, ó Patriarcas Romanos, enviem socorros para o nosso exército imediatamente, ou serão todos mortos e nossa cidade será tomada!

E os sábios homens de cabelos brancos disseram:

— O que vamos fazer? Quem haveremos de enviar se só nos restam os guardas das muralhas e os meninos? E quem estaria apto a conduzi-los para salvar Roma?

Todos balançaram a cabeça, lastimando-se, pois não parecia haver esperança. Até que alguém gritou:

— Mandem buscar Cincinato. Ele vai nos ajudar.

Cincinato estava no campo, arando a terra, quando os enviados chegaram, sôfregos. Interrompeu o trabalho, cumprimentou-os com amabilidade e aguardou o que tinham a dizer.

— Ponha seu manto, Cincinato, para ouvir as palavras do povo romano.

Ele ficou intrigado com aquilo.

— Está tudo bem em Roma? — perguntou, enquanto pediu à mulher que lhe trouxesse o manto.

Ela trouxe o manto; Cincinato limpou a poeira das mãos e dos braços e o jogou sobre os ombros. Os enviados contaram-lhe, então, a razão da visita.

Falaram sobre o que havia ocorrido com o exército, composto dos cidadãos mais nobres de Roma, surpreendidos por uma cilada numa passagem das montanhas. Falaram do grande perigo que a cidade corria. E por fim disseram-lhe:

— O povo de Roma o nomeia agora monarca da cidade, a fim de conduzi-lo à melhor solução. E os Patriarcas pedem que venha imediatamente para poder partir em busca dos nossos inimigos, os selvagens das montanhas.

Cincinato deixou o arado onde estava e partiu ligeiro em direção à cidade. Ao vê-lo passar pelas ruas dando as ordens do que deveria ser feito, algumas pessoas tiveram medo, pois sabiam que ele detinha todo o poder de Roma para fazer o que bem entendesse. Mas Cincinato mandou apenas que os homens se armassem, bem como os meninos, e partiu à frente, conduzindo-os para a luta contra os terríveis selvagens da montanha, a fim de libertar o exército romano, capturado numa cilada.

Poucos dias depois, houve grande alegria na cidade de Roma. Cincinato enviava boas notícias. Os homens da montanha haviam sido derrotados, com muitas baixas. Foram forçados a voltar para seu devido lugar.

E agora o exército romano, incluindo os meninos e os guardas, retornava com as bandeiras desfraldadas, entoando os cânticos da vitória. E à frente marchava Cincinato. Ele salvara Roma.

Cincinato poderia ter-se tornado rei, pois sua palavra era a lei e ninguém ousaria erguer um dedo contra ele. Mas, antes que o povo pudesse expressar-lhe o agradecimento pelo que havia feito, devolveu o poder aos Patriarcas Romanos de cabelos brancos e retornou ao seu arado na fazenda.

Cincinato foi imperador de Roma por 16 dias.

(RS)

O ESTRONDO DA CACHOEIRA

Esta história dos índios Kickapoos, um povo nômade (seu nome é uma palavra que significa "aquele que vagueia"), foi adaptada por Allan MacFarlan.

O cobertor da noite já envolvera na escuridão a aldeia Kickapoo. O povo estava reunido em torno da fogueira, aguardando a história que lhe seria contada pelo narrador da tribo. Os ouvintes sabiam que não seriam mencionadas guerras nem guerreiros arriscando sua vida em ataques aos campos inimigos. Contudo, a história que iriam escutar falava de grande coragem. Falava de duas mulheres valentes, cuja soberba coragem e nobre sacrifício em nome da tribo são comemorados até hoje em seus cantos e danças. A história que ouviram foi assim:

Alguns homens de nosso povo estavam caçando, logo depois que a terra verdejante surgira por debaixo da neve e os rios estavam cheios e as águas rolavam velozmente. Algumas mulheres os acompanhavam para ajudar a retirar a pele dos animais abatidos e cortar-lhes a carne em tiras, que seriam postas para secar. O grupo estava formado havia três dias e já abatera muitos cervos com suas flechas de caça.

Enquanto viajavam por regiões distantes de nossos territórios, sempre existia o perigo de ataques inimigos. Havia guerreiros mantendo vigília, mas o cuidado nunca era suficiente. Um dia, o chefe achou melhor voltarem logo para a aldeia, e o grupo todo se preparou para o retorno ao nascer do sol. Alguns dos guerreiros e algumas das mulheres jamais tornaram a ver o sol. Um enorme grupo de guerra dos Shawnees cercou o acampamento e empreendeu um ataque quando a noite estava prestes a ceder lugar ao amanhecer.

Os Kickapoos que não foram mortos nem estavam seriamente feridos escaparam pelo desfiladeiro abaixo. Quando estavam caçando por ali, encontraram uma enorme caverna sob a estrondosa cachoeira do grande rio. O chefe do grupo decidiu que se esconderiam todos ali caso encontrassem um grupo de guerra dos inimigos, de forma que os Kickapoos sabiam para onde se dirigir.

Os ferozes inimigos mataram os feridos e levaram duas de nossas mulheres para sua aldeia como prisioneiras. Elas eram jovens e seriam postas para trabalhar. As tendas dos Shawnees estavam armadas muito acima de onde ocorrera o ataque, às margens do grande rio de águas ligeiras.

Durante seis sóis, os Shawnees saíram à procura dos que haviam sobrevivido ao ataque. Foram colocadas sentinelas em pontos bem afastados, de tal forma que os Kickapoos não pudessem escapar sem serem vistos. Os guerreiros Shawnees seriam prontamente avisados dos seus movimentos. Os inimigos empreenderam uma boa busca, mas nossos caçadores tinham um bom esconderijo e acabaram não sendo descobertos. Nosso chefe não deixou ninguém sair da grande caverna; tampouco precisavam, pois tinham carne-seca e água em abundância.

Depois de passados alguns sóis, os membros do grupo pediram ao chefe que os deixasse sair do abrigo da grande caverna sob a cachoeira. Estavam seguros lá, mas o estrondo das águas feria-lhes os ouvidos, pois caíam como uma cortina ininterrupta de trovões diante da caverna. Também o medo os afligia, pois temiam que aquelas gargantas rochosas e escuras fossem habitadas por espíritos do mal.

O chefe era corajoso, mas compreendia a aflição do grupo. Também ficaria satisfeito em poder se livrar daquele barulho ensurdecedor, mesmo que na escapada mais alguns dos companheiros tombassem vítimas das flechas dos Shawnees.

— Amanhã, o sétimo sol depois do ataque, será o último dia que permaneceremos aqui. Quando escurecer, tentaremos fugir do inimigo e voltar para o nosso território. Estejam prontos.

O chefe sabia que as chances de um retorno seguro eram poucas, pois os Shawnees eram muitos e deveriam estar zangados por termos, alguns de nós, escapado ao ataque. "Sua ira deve ser grande", pensou o chefe Kickapoo, "pois, embora tenham seguido as trilhas deixadas na floresta, não conseguiram seguir as pegadas sobre o solo rochoso da garganta do rio".

O feiticeiro dos Shawnees foi ter com o cacique na manhã do sétimo sol e contou-lhe um sonho que tivera. Seu pássaro totêmico, o gavião de cauda vermelha, surgira-lhe no sonho e ficara voando em círculos sobre ele, soltando trinados agudos e instando-o a segui-lo. O feiticeiro não pôde recusar-se; e seu espírito, então, acompanhou o pássaro em voo ligeiro até uma clareira no meio da floresta. Ali chegando, o feiticeiro viu em seu sonho um círculo do Povo das Sombras.

"Posso seguir o Povo das Sombras até o esconderijo dos nossos inimigos?", perguntou o feiticeiro ao gavião. "Qual deles sabe onde está o bando?"

O gavião partiu em voo direto até onde se encontravam as duas prisioneiras dos Shawnees e lá ficou descrevendo círculos sobre suas cabeças.

— Essas mulheres devem saber — declarou o feiticeiro, ao terminar a narrativa do sonho para o cacique. — Meu gavião nunca me leva a uma trilha falsa.

O cacique Shawnee tinha profunda confiança no feiticeiro e seu totem, e invocou um conselho de guerreiros. Contou-lhes sobre o sonho e mandou trazer as duas prisioneiras à sua presença. A pergunta lhes foi feita, e elas disseram não saber onde se escondia o grupo a que pertenciam.

— Elas falam com as línguas tortas — gritou o feiticeiro —, mas a tortura vai endireitá-las.

As prisioneiras foram torturadas; e, diante da dor das brasas encostadas em seus pulsos, disseram que iriam revelar onde estava o grupo. Durante um breve instante, confabularam baixinho em seu próprio dialeto e depois, através de sinais, mostraram-se dispostas a conduzir os Shawnees até o esconderijo.

Os guerreiros pegaram suas armas, prontos para segui-las; mas, em vez de conduzi-los em direção à floresta, elas indicaram o rio, dando-lhes a entender, através de sinais, que o bando estava longe e que de canoa chegariam mais rápido. Entretanto, o cacique apontou para a floresta, e os guerreiros as empurraram para lá. Elas insistiram, através da linguagem dos sinais, que não poderiam conduzi-los por terra e que somente pelo rio seriam capazes de encontrar o esconderijo dos companheiros Kickapoos.

O cacique concordou, e elas foram levadas até as enormes canoas deixadas à espera nas margens do grande rio. As duas prisioneiras indicaram com gestos e sons que havia um pequeno afluente próximo à cachoeira, que deveria ser tomado para chegarem até os Kickapoos. O cacique mandou-as entrar na canoa que seguiria à frente. Ele próprio as acompanhou, junto com o feiticeiro e seis de seus melhores guerreiros. O restante do grupo os seguiria de perto, ocupando diversas outras canoas. Os remos batiam forte na água, e o grupo se deslocava rapidamente, como os peixes descendo o rio.

Depois de muitas remadas, o cacique perguntou às prisioneiras se já não estavam perto do esconderijo dos inimigos. Elas indicaram que o local não estava longe, e os remos tornaram a mergulhar na água. Os guerreiros já não precisavam fazer muito esforço, pois a correnteza estava mais forte e mais rápida, e as canoas deslizavam velozmente. A velocidade aumentava cada vez mais. Cada vez mais alto ouvia-se o estrondo da cachoeira.

O cacique era corajoso, mas até ele estava apreensivo com a rapidez e a força das águas. Encontrava-se logo atrás das duas prisioneiras, sentadas na proa. Tocou-lhes o ombro, e elas se viraram prontamente. O cacique perdeu o medo ao ver que as duas sorriam. A mais velha apontou para a margem do lado sul, indicando que logo atingiriam a bifurcação do rio, para onde os remadores deveriam conduzir as canoas, afastando-se da forte correnteza e adentrando as águas calmas do afluente.

As canoas já deslizavam com enorme velocidade, cruzando as águas espumantes da torrente. O rio se estreitou, e o estrondo aumentou à medida que prosseguiam entre as sólidas paredes rochosas da garganta. Não havia mais tempo para desviar!

Tarde demais, o cacique e seus guerreiros perceberam que haviam sido enganados. Os mais valentes ainda conseguiram entoar algumas notas de seus cânticos da morte antes que a volumosa torrente arremessasse as canoas pela crista da enorme cachoeira.

Orgulhosamente postadas à frente dos guerreiros inimigos, conduzindo-os para a morte sobre as pedras pontiagudas do leito do rio, iam as duas corajosas mulheres da tribo Kickapoo.

Minha história termina aqui, mas a história dessas duas corajosas mulheres que salvaram da morte nosso grupo de guerreiros persistirá enquanto a relva crescer e as águas rolarem.

(RS)

YUDISTHIRA ÀS PORTAS DO CÉU

Esta história é tirada do Mahabharata, *que é, junto com o* Ramayana, *um dos grandes poemas épicos da Índia.*

O bom rei Yudisthira governava o povo de Pandava havia muitos anos e os conduzira a uma guerra vitoriosa, porém muito longa, contra gigantescas forças do mal. Concluídos seus esforços, Yudisthira percebeu que já passara muitos anos na terra e que era hora de partir para o reino dos Imortais. Depois de terminado todo o planejamento, dirigiu-se até a grande Montanha a fim de alcançar a Cidade Celestial. Sua linda esposa, Drapaudi, foi com ele, assim como seus quatro irmãos. Logo no início do caminho, juntou-se a eles um cão, que os seguia em silêncio.

Mas a jornada até a montanha era longa e penosa. Os quatro irmãos de Yudisthira foram morrendo pelo caminho, um a um, e, depois deles, a linda Drapaudi. O rei ficou totalmente só, exceto pelo cão, que o acompanhou fielmente por toda a árdua e demorada subida em direção à Cidade Celestial.

Finalmente os dois, exaustos e enfraquecidos, chegaram diante das portas do Firmamento. Yudisthira curvou-se em humilde reverência ao pedir que fosse aceito.

O céu e a terra se encheram de estrondoso ruído quando o Deus Indra, o Deus de Mil Olhos, chegou para receber o rei no Paraíso. Mas Yudisthira ainda não estava pronto.

— Sem meus irmãos e minha querida esposa, minha inocente Drapaudi, não desejo entrar no Céu, ó Senhor de todas as divindades.

— Não tema — respondeu Indra. — Você os encontrará a todos no Céu. Eles chegaram antes e estão aqui!

Mas Yudisthira ainda tinha um pedido a fazer.

— Este cão acompanhou-me por todo o caminho até aqui. É devotado a mim. Por sua fidelidade, não posso entrar sem ele! E, além disso, meu coração lhe tem muito amor.

Indra balançou a enorme cabeça, e a terra toda tremeu.

— Só você pode ter a imortalidade — disse ele —, e a riqueza, e o sucesso, e todo o júbilo do Céu. Você conquistou isso cumprindo a árdua jornada. Mas não pode trazer um cão para dentro do Céu. Livre-se do cão, Yudisthira. Não é nenhum pecado!

— Mas para onde irá ele? E quem irá acompanhá-lo? Ele desistiu de todos os prazeres da terra para ser meu companheiro. Não posso abandoná-lo agora.

O Deus se irritou com aquilo e disse com firmeza:

— Você precisa estar puro para entrar no Paraíso. Um simples toque num cão eliminará todos os méritos da oração. Reconsidere o que está querendo fazer, Yudisthira. Deixe que o cão se vá.

Mas Yudisthira insistiu:

— Ó Deus de Mil Olhos, é difícil para uma pessoa que sempre tentou ser justa fazer algo que considere injusto; mesmo que seja para entrar no Firmamento. Não desejo a imortalidade se para tanto é preciso livrar-me de alguém que me é devoto.

Indra o instigou mais uma vez:

— Você deixou para trás, na estrada, quatro irmãos e a mulher. Por que não pode deixar também o cão?

Mas Yudisthira respondeu:

— Abandonei-os apenas porque já tinham morrido e eu não poderia mais ajudá-los nem os trazer de volta à vida. Enquanto estavam vivos, eu não os abandonei.

— Você está disposto a abandonar o Céu, então, por causa desse cão? — perguntou-lhe o Deus.

— Grande Deus de todos os Deuses — retrucou Yudisthira —, sempre mantive minha promessa: nunca abandonar quem tivesse medo e viesse à minha procura, quem estivesse aflito e desvalido ou quem estivesse fraco demais para se proteger sozinho e desejasse ainda viver. Acrescento agora um quarto elemento. Prometo não abandonar quem for devoto a mim. E não vou abandonar meu amigo.

Yudisthira abaixou-se para acariciar o cão e estava prestes a afastar-se tristemente do Céu quando, de repente, bem diante de seus olhos, aconteceu um prodígio. O cão fiel transformou-se em Dharma, o Deus da Virtude e da Justiça.

Indra disse:

— Você é um bom homem, rei Yudisthira. Demonstrou fidelidade aos fiéis e compaixão por todas as criaturas. Mostrou-se capaz disso ao renunciar aos próprios Deuses em vez de renunciar a esse humilde cão que era seu companheiro. Será honrado no Céu, ó rei Yudisthira, pois não existe um ato que seja mais elevado e mais ricamente recompensado do que a compaixão para com os humildes.

Então, Yudisthira entrou na Cidade Celestial tendo ao lado o Deus da Virtude. E lá tornou a encontrar-se com os irmãos e a querida esposa para desfrutarem da eterna felicidade.

(RS)

POSFÁCIO

A VIDA É CHEIA DE PERGUNTAS, e a maior parte de nós passa muito tempo pensando sobre questões relativamente desimportantes. Que horas vai passar o jogo na TV? Esses sapatos combinam com essas calças? Será que vou ganhar aquela bicicleta nova no meu aniversário? Essas são as questões da vida diária, e elas são bastante naturais; não há nada de errado com elas. Mas também precisamos passar algum tempo pensando nas questões verdadeiramente importantes, aquelas que levam a uma vida *melhor*. Este livro vai ajudar você a encontrar respostas para três delas: O que são virtudes? Por que você precisa delas? Como obtê-las?

O dicionário define *virtude* como "uma excelência moral particular" e nos diz que vem da palavra latina *virtus*, que significa "força" ou "valor". Há várias virtudes, e este livro se concentra em cinco delas: amizade, trabalho, coragem, honestidade e lealdade. As histórias, poemas e escritos nele reunidos vão ajudar você a reconhecer esses traços de caráter, tanto em si mesmo quanto nos outros, em parte mostrando exemplos das virtudes vividas na prática. (Lembre-se de que as virtudes estão, principalmente, em nossas ações — nas boas ações, não apenas em bons pensamentos e intenções.) Quanto mais você testemunhar as virtudes em ação, melhor as entenderá. Você precisa de uma compreensão muito clara das virtudes se quiser obtê-las. E precisa de entendimentos igualmente claros dos vícios e de suas consequências, se quiser ficar longe deles.

Por que você precisa de virtudes? Você vai encontrar várias respostas para essa pergunta nestas páginas. Existem razões práticas: sua reputação, por exemplo, é em grande parte devida ao conjunto de suas virtudes. Existem razões sociais: o tipo e a quantidade de amigos que você tem dependerão de suas próprias virtudes. E há, é claro, razões puramente altruístas: as virtudes são os traços de caráter que nos levam a ajudar a família, os amigos e até mesmo as pessoas que não conhecemos. Em todas as áreas da vida, você deve constantemente fazer escolhas sobre como agir, pelo seu próprio bem e pelo bem dos outros. Muitas dessas escolhas envolvem questões de certo e errado, e você não poderá escolher a coisa certa a fazer sem que tenha algumas virtudes.

Então, como você obtém (e mantém) essas virtudes? A resposta deixa claro que, nesse assunto, é mais fácil falar do que fazer: você pratica. Como qualquer outra coisa que valha a pena, alcançar a virtude requer esforço e atenção sérios. Você deve estabelecer alguns padrões para si mesmo e depois fazer tudo o que puder para cumpri-los em suas *atividades diárias*. Esperamos que você encontre modelos e padrões nas histórias e nos escritos deste livro. Alguns deles vêm sendo usados, há séculos, pelas pessoas que os tomam como lembretes do que é bom e do que é ruim, como bússolas morais para o certo e o errado. Se você levar essas histórias a sério e modelar suas próprias ações de acordo com os exemplos que elas estabelecem, começará a descobrir que noções tais como honestidade, lealdade e autodisciplina estão se tornando hábitos. É isso que você quer, é isso que todos nós queremos. Quando as virtudes se tornam um hábito para você, você está bem equipado para enfrentar a vida. Lembre-se também de que nenhum de nós consegue ser virtuoso o tempo todo. Não somos anjos e não podemos nos tornar angelicais, pelo menos não nesta vida. Mas se podemos tentar melhorar, é isso que devemos fazer.

William J. Bennett

SOBRE OS AUTORES

WILLIAM J. BENNETT apresentou, durante mais de dez anos, o programa de rádio *Bill Bennett's Morning in America*, um dos dez mais retransmitidos em toda a nação, e é membro do Claremont Institute em Washington. Ele atuou como secretário de Educação e presidente da National Endowment for the Humanities [Fundo Nacional para a Humanidades] no mandato do presidente Reagan, e como diretor do Escritório de Política Nacional de Controle de Drogas no mandato do presidente George H. W. Bush. Dr. Bennett e sua esposa, Elayne, moram em Chevy Chase, Maryland.

DOUG FLUTIE é um *quarterback* (zagueiro) de futebol americano adorado pelos fãs. Ele jogou profissionalmente por 21 anos. Em seu último ano na Boston College, Doug ganhou o troféu Heisman e os títulos All American e Player of the Year. Ao longo de sua carreira profissional, arremessou para 58.150 jardas, ocupando o terceiro lugar na história do esporte. Em 1998, em homenagem a seu filho, Doug e sua esposa, Laurie, criaram a nacionalmente conhecida Doug Flutie Jr. Foundation for Autism [Fundação Doug Flutie Jr. para o Autismo].

Direção editorial
Daniele Cajueiro

Editora responsável
Ana Carla Sousa

Produção editorial
Adriana Torres
Laiane Flores
Allex Machado

Revisão de tradução
Alvanísio Damasceno

Revisão
Perla Serafim

Capa
Anderson Junqueira

Diagramação
DTPhoenix Editorial

Este livro foi impresso em 2023,
pela BMF, para a Nova Fronteira.

ETT · DO

· HARRY COMBS · HELEN KE

RG ESENWEIN · MARIETTA STOCKARD · DOROTHE

ANNA STRONG · TOM B. LEONARD · HORATIO ALG

· JAMES BALDWIN · KATHARINE LEE BATES · JOHN

GUEST · JAMES BALDWIN · ALLAN MACFARLAN · W

YMAN HURLBUT · WILLIAM BUTLER YEATS · RUDYAR

WADSWORTH LONGFELLOW · WILLIAM BARRET TRA

DISON · ANNE FRANK · PHOEBE CARY · ANDREW L

RY WOTTON · VICTOR HUGO · CYRUS MACMILLAN ·

AF WHITTIER · WALTER RUSSELL BOWIE · WALTER

BENNETT · DOUG FLUTIE · PABLO NERUDA · ROB

· ESOPO · HARRY COMBS · HELEN KELLER · EDG

EPH BERG ESENWEIN · MARIETTA STOCKARD · DO

AI FRIESE · JOANNA STRONG · TOM B. LEONARD · H

E MAUPASSANT · JAMES BALDWIN · KATHARINE LEE

EEK · EDGAR GUEST · JAMES BALDWIN · ALLAN M

· JESSE LYMAN HURLBUT · WILLIAM BUTLER YEATS

HENRY WADSWORTH LONGFELLOW · WILLIAM BA

O MADISON · ANNE FRANK · PHOEBE CARY · AND

ICTOR HUGO · CYRUS MACMILL

BOWIE · W